C'ÉTAIT TELLEMENT MIEUX AVANT

DU MÊME AUTEUR

C'est nouveau, ça vient de sortir
Traité de néopathie
Éditions du Seuil, 1987

Crac-Crac
Théorie générale du sexe et de la politique
Éditions du Seuil, 1989

Mort de rire
Éditions du Seuil, 1995

Des Papous dans la tête
Les Décraqués
(collectif)
Gallimard/France Culture, 2004

Lucas Fournier

C'ÉTAIT TELLEMENT MIEUX AVANT

Petit précis d'antépathie contemporaine

Éditions Points

© Éditions Points, avril 2007

ISBN 978-2-7578-0219-9

Le Code de la propriété intellectuelle interdit les copies ou reproductions destinées à une utilisation collective. Toute représentation ou reproduction intégrale ou partielle faite par quelque procédé que ce soit, sans le consentement de l'auteur ou de ses ayants cause, est illicite et constitue une contrefaçon sanctionnée par les articles L.335-2 et suivants du Code de la propriété intellectuelle.

à Bertrand Jérôme

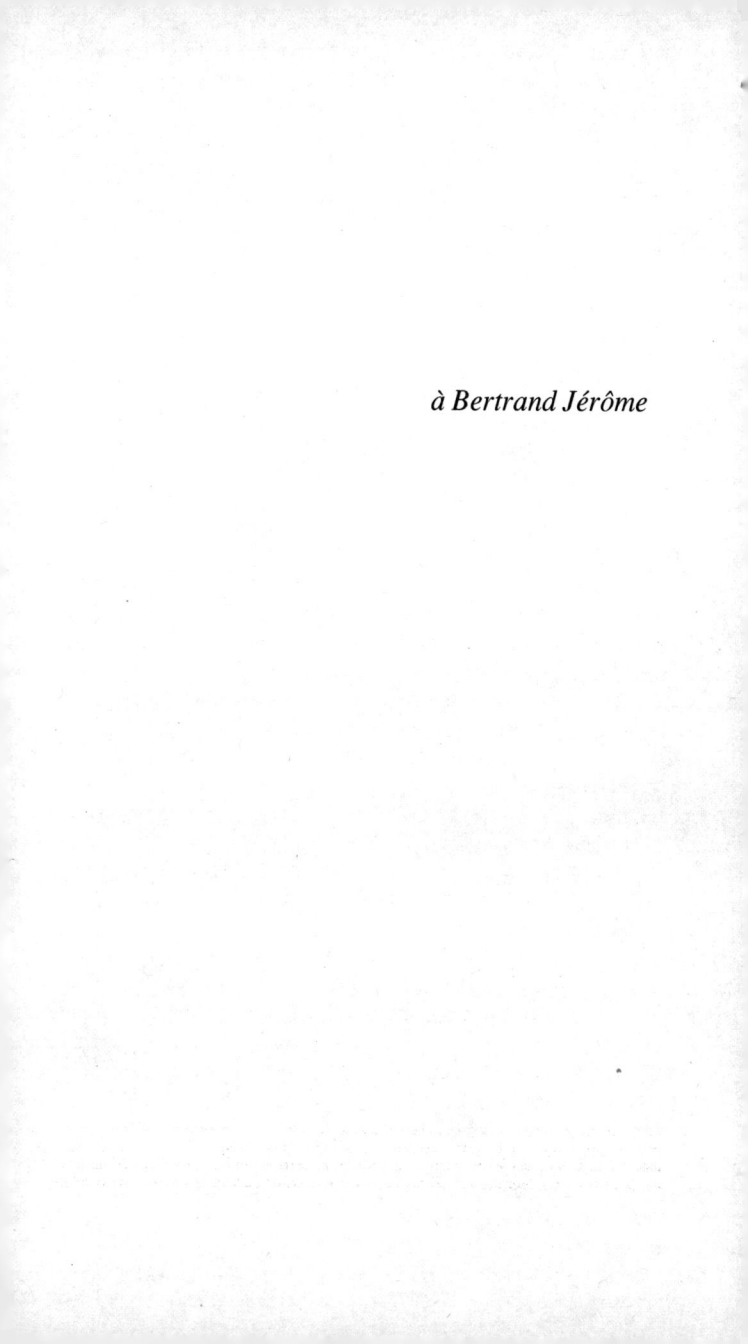

La fantaisie est encore la seule façon qui nous soit donnée de dire la vérité.

William Sidney Porter, dit O. Henry
(1862-1910)

Antépathie : substantif féminin (du latin *ante* : avant, et du grec *pathos* : souffrance), maladie de celui qui souffre à cause de ce qui était «avant». Tous les cas connus à ce jour dans le monde sont exclusivement français.

L'antépathe souffre obsessionnellement du besoin de retourner vers *avant* : l'adolescence, la prime enfance et encore plus loin même, dans le ventre maternel, dans les gènes des ancêtres, l'origine des origines. Cette affection touche à la fois l'individu et la société tout entière.

Principaux symptômes : obstination à faire des projets de passé, à revisiter l'histoire (grande ou petite), à réinventer l'ancien, à redécouvrir l'authentique, à commémorer, à se repentir, à retomber en enfance et même en très petite enfance, à vénérer *avant,* les musées, les vieillards, les ours, l'école, les câlins, les doudous, les arts premiers, les anniversaires et Jean Ier le Posthume.

Avertissement à lire absolument avant l'absorption de l'opus

La si vigilante Agence de veille sanitaire n'a rien dit. Peut-être n'a-t-elle rien décelé encore. Les experts en prospective qui auscultent les Français n'ont rien vu venir. Pas plus que nos sages, nos déclinologues inspirés ou nos partis politiques toujours à l'écoute de la France profonde.
Seul le silence est grand, dit le poète irréfutable. L'heure a pourtant sonné de briser ce mur du silence et de l'ignorance pour pénétrer dans l'intimité de la France qui souffre. Car le mal est là, dont tous nous sommes atteints, sans savoir le nommer : l'*antépathie*.

Depuis 2000, un peu par facilité, beaucoup par lassitude, et par peur immensément, les Français ont décidé, une fois pour toutes, de cesser d'avancer dans la mauvaise direction et donc de reculer dans la bonne. Parce qu'avant, c'était mieux : de Gaulle, le franc, les petits-suisses, les instits, les pantalons à patdef, Casimir, les chanteurs morts, les bouteilles consignées, les prix Goncourt, les routes nationales, les stylos à plume, Jacquou le croquant, la guerre de 14, les manifs à la Bastille, les porteurs dans les gares, le service militaire, les communistes, le règne de Jean Ier le Posthume… Il ne s'agit pas seulement de nostalgie, de déclin ou de refus de changer. Non, c'est tout le corps social qui se rétracte. Les organes

se contractent. Les têtes se détraquent. Et la France, tout à trac, rentre en elle-même. Et c'est douloureux. Sois sage, ô ta douleur.
Cet ouvrage présente la première étude pathologique de ce nouveau mal français[1].
C'est aussi un message d'espoir et de solidarité pour tous ceux qui jusqu'ici souffraient, en silence, sans savoir ni comprendre.
Les Français vivaient dans la crainte, ils vivront à présent dans l'espoir.

L'auteur et l'éditeur sont pleinement conscients que la révélation brutale de cet état de la France est de nature à susciter une éventuelle psychose. Rassurez-vous. Six traitements préventifs sont proposés à la fin de ce livre, le dernier s'avérant particulièrement efficace[2]. Et surtout, d'ores et déjà, en application du principe de précaution, a été mise en place une cellule de soutien psychologique ouverte à tous.

---

1. *Le Mal français,* titre du regretté Alain Peyrefitte (1925-1999), paru en 1976 et, hasard ou nécessité, réédité en juin 2006.
2. Hélas, le présent ouvrage figure sur la liste des ouvrages de confort et ne peut être remboursé par la Sécurité sociale.

I
Le résultat des analyses

Ainsi ferez-vous, vous qui tenez ce livre d'une main blanche, vous qui vous enfoncez dans un moelleux fauteuil en vous disant : peut-être ceci va-t-il m'amuser.

(Balzac, *Le Père Goriot*)

Comme vous y invite Balzac, détendez-vous.
Ce livre est destiné d'abord à vous aider.
Mais avant d'examiner le résultat des analyses,
un petit contrôle.
N'ayez pas peur, il est sans danger.

Lisez
attentivement
et à voix haute
ces quelques
phrases d'introduction :
moi, lecteur,
je suis dans mon for intérieur
absolument convaincu
que la lecture
du présent ouvrage
va beaucoup m'apporter
et déjà confusément, je commence
à me sentir vraiment bien,
j'ai un peu de mal à discerner où l'auteur veut en venir, mais je lui fais confiance
Et si vraiment, ça n'allait pas je pourrais toujours
échanger ce livre contre le dernier Fred Vargas ou Erik Orsenna, mais pour l'instant
j'ai la volonté d'aller jusqu'au bout de celui-ci et je m'engage à ne pas poursuivre l'auteur en cas de traumatisme consécutif à la lecture de ce texte.

Tout se présente bien.
À l'occasion, passez quand même chez l'ophtalmo ou empruntez ses lunettes à Johnny (Optic 2000) ou à Antoine (Atol).

❏ **Conditions générales :** Je reconnais avoir pris connaissance des conditions générales de ce livre. Cliquez ici ou cochez cette case.

LECTURE DU LIVRE INTERROMPUE

Important :

Assurez-vous que vous avez bien coché la case *Conditions générales*...

Puis vous pourrez reprendre paisiblement votre lecture.

Trois études de cas

Cela a-t-il un sens de vouloir échapper au temps?
(Sujet du bac philo, série L, juin 2006.)

Cas n° 1
Première alerte : À la recherche du pain perdu

Au commencement était le pain.
– Bonjour, madame, une baguette pas trop cuite, s'il vous plaît.
La boulangère pose sur vous un regard oblique, chargé de lassitude silencieuse et intriguée. Vous insistez.
– Hum, excusez-moi... une baguette... pas trop cuite... et coupée en deux, s'il vous plaît.
Elle paraît ne toujours pas comprendre. Enfin, sans dissimuler son exaspération, habituée à faire marcher son petit monde à la baguette, elle débite une sorte de comptine :
– Rustique ? Des prés ? À l'ancienne ? Traditionnelle ? Ou d'autrefois ?
Ah ? Elle aurait dit *ficelle, bâtard, pain,* d'accord. Même *miche,* vous auriez compris. Mais là, son énu-

mération reste une énigme de sphinge. Tel Œdipe, vous connaissez alors la vraie angoisse d'un être placé devant ses responsabilités personnelles.

– Non, une baguette normale, dites-vous la gueule enfarinée.

Alors, elle abat sur votre personne ordinaire un mépris souverain.

– Monsieur, ici, vous êtes chez un maître artisan boulanger. Dépêchez-vous, il y a du monde qui attend. Qu'est-ce que vous voulez, à la fin ?

L'homme a besoin de pain. Alors, d'un doigt inquiet et contrit, vous désignez ce qui vous semble correspondre à la certaine idée que, depuis toujours, depuis l'enfant gourmand de tartines que vous fûtes, vous vous faites de la baguette française, allongée, rissolée, croustillante, entre l'ambre et l'or, avec des scarifications ondulatoires lui courant sur le ventre.

– Ah, soupire-t-elle, c'est une *naturelle, saveur de naguère*, que vous vouliez ? Fallait le dire. (Au fond, la boulangère, pardon, la maîtresse boulangère, est bonne pâte…) C'est 2,80 euros.

Tiens, songez-vous, depuis le passage à l'euro, la bouchée de pain est au prix de la brioche. En quittant la femme du boulanger, pardon, du titulaire de la maîtrise d'artisanat boulanger, vous sentez plantés, dans votre dos, les regards belligérants de vos contemporains, les clients de la queue, qui, eux, ont le goût et le vrai savoir du pain. Rustique, ancienne, traditionnelle, de naguère ou d'autrefois ? Telle est la question. Ça ne mange pas de pain, en principe. Si, justement ! À peine avez-vous croqué dans le quignon croustillant rustique qui craquelle écrasé sous vos canines que remonte en votre âme, non pas la saveur proustique des madeleines et de l'enfance buissonnière, mais la fulgurante révélation que ce monde n'est pas le vôtre.

Cas n° 2
Atteint grave : tout comme avant

Toujours, il s'est levé de bonne heure. Dès le chant du coq, pour être en harmonie avec cette horloge intime et naturelle que chacun porte en soi. En ville, le coq est rare, mais la sonnerie du réveil restitue la pureté criarde du roi de la ferme. Aujourd'hui n'est pas un jour comme les autres : c'est le centenaire de la naissance de Simone de Beauvoir. La douche se prend glacée, à la dure. Ainsi vivaient nos anciens. Après le blaireau en poil de sanglier, contact charnel avec la nature, Aurélien pulvérise sur son visage une eau naturelle venue du cœur des volcans d'Auvergne, cette eau qui faisait des « centenaires à ne plus que savoir en faire », comme chantait Jean Ferrat, un chanteur français et ardéchois, cœur fidèle au PC, à revisiter absolument. Il s'octroie un soupçon de parfum Terre d'Hermès, « au leitmotiv nostalgique conçu à la façon dont Jean Giono décrit la relation physique de l'homme à la terre ».

On petit-déjeune en famille, Aurélien, Bérénice et les enfants Vorlette et Déodat, ces prénoms d'autrefois enfin redécouverts. Tartines au beurre (en motte), saveur de jadis. Lait Lescure « issu des verts pâturages de Charentes-Poitou (tradition du goût) depuis 1936». Confiture Bonne Maman. Café Grand'Mère, aux grains passés par un moulin à café manuel. Pain à la «farine de terroir». Yaourt Mamie Nova. Un hommage gastrique, implicite et furtif, le temps d'un repas familial, à ses chers aïeux. La cuisine est une vraie cuisine française, comme avant. Pas une kitchenette américaine. Dans cette atmosphère à l'ancienne, peuplée de meubles en Formica récup des années 60, règne une cuisinière en fonte La Cornue (fabriquée depuis 1908, de façon artisanale). Pendus aux murs, un chapelet de piments d'Espelette, un véritable jambon de Bayonne (mille ans de savoir-faire) et de grandes casseroles de cuivre sentant l'encaustique et le graillon rappellent à toute la famille le sens et les sens du mot «terroir». De toute façon, bientôt, comme 34% des Français rêvent de le faire, toute la famille quittera la ville pour la campagne afin de retrouver le «goût du paradis perdu».

Sous sa veste vintage et sa chemise de bûcheron (le bûcheron revient, c'est fou), Bérénice porte des sous-vêtements Princesse tam.tam qui «revisitent le style des femmes des années 60». D'époque donc. Bérénice a vingt-neuf ans.

Elle a rencontré Aurélien pendant une soirée *Gloubi-glouba*. Il était déguisé en Casimir et elle en Mademoiselle Edmée Futaie. Ils se sont séduits au bar du *Zéro de conduite* devant un cocktail Bambi servi dans un biberon.

À 8h20, sur sa montre Tissot (horloger depuis 1853), Aurélien, comme chaque matin, dans un rituel intergénérationnel que pratiquait déjà son papa, dépose les enfants à l'école. Retrouver un instant la communauté matricielle des parents, des élèves et des maîtres, c'est si bon. Ici, la lecture s'enseigne selon la méthode Boscher, celle de nos parents et grands-parents, grâce à quoi Aurélien a fait seulement quarante-deux fautes à la dernière dictée de Pivot.

Pour mieux apprendre à se réapproprier cet esprit de l'enfance, Bérénice et Aurélien relisent, chaque soir, une page du *Petit Prince*. C'est le psy d'Aurélien qui l'a conseillé. Bien plus qu'un psy, il constitue une vraie cellule de soutien psychologique à lui tout seul. Il aide Aurélien à être encore plus résilient et à mieux faire son travail de deuil. L'arrière-grand-père d'Aurélien est tombé en Champagne en avril 1916. La cicatrisation prend plusieurs générations, tous les lecteurs de Rufo et de Cyrulnik vous le diront. Alors, pour remettre leurs pas dans ceux de cet aïeul, fauché, ils ont décidé, avec Béré, d'aller cet été en pèlerinage remonter la « Voie sacrée », de Bar-le-Duc à Verdun.

Bérénice est partie suivre ses cours de généalogie. Les Français veulent savoir qui ils sont et d'où ils viennent. Bérénice aussi, encore plus depuis qu'elle est maman. Aurélien, lui, file, à bicyclette, en pédalées fraîches et joyeuses. La légende des cycles chante en sa tête les noms des champions d'autrefois Fausto Coppi, Kubler, Gaul, Merckx, Ocana. Joe Dassin, trop tôt disparu mais toujours parmi nous – Salut Joe ! –, chantait aussi : « À Paris, à vélo, on dépasse les autos. » Bérénice a offert à Aurélien la compil 2 des chanteurs morts, avec Cloclo, Joe Dassin, C. Jérôme, Dalida, Mort Shuman, Nino Ferrer, Michel Berger, Barbara, Joëlle, Balavoine et Mike Brant. Pour la fête des Pères, il avait reçu, la compil 1, le *Panthéon de la chanson française* avec Brassens, Brel, Nougaro, Bécaud, Barbara, Distel, Ferré, Piaf, Trenet, Gainsbourg, Serge Reggiani et Georges Guétary.

En arrivant au bureau, lecture rapide de *L'Équipe*, spécial « 100 ans de matchs du siècle », un fabuleux retour sur les moments mythiques du sport français. Ce matin à 10 heures, réunion de travail pour préparer la commémoration du cinquantième anniversaire du service. Aurélien a pensé à apporter des fleurs à Audrey, sa secrétaire, parce que, aujourd'hui, c'est la fête des Secrétaires. À midi, Aurélien ne manque pas le *Quitte ou Double*, sur RTL, avec Jean-Pierre Foucault, le même que celui de Zappy Max et de Jean Nohain, il y a cinquante ans. L'après-midi, on célèbre la médaille du travail de Mlle Chassignard, vingt-cinq ans de fidélité au service.

En rentrant, un œil sur les titres des journaux avec les grands sujets de chaude actualité en une : « Faut-il réhabiliter Judas ? » demande *Le Nouvel Obs,* en couverture ; *L'Express*, enquête sur « Généalogie et génétique » pour « Tout savoir sur nos origines » ; *Le Point* s'inquiète dans son éditorial sur la non-célébration du tricentenaire de Corneille (Pierre), *Courrier international* titre sur « Le retour de la famille » et *Le Monde,* comme chaque semaine, présente sa série : « Ces jours qui ont changé le monde. » Aujourd'hui, les accords de Munich, 30 septembre 1938.

Aurélien s'arrête au vide-greniers des boulevards. Il y a cinquante mille brocantes chaque année en France. C'est merveilleux de redécouvrir ces souvenirs trop longtemps enfermés. Ainsi les si jolis cadeaux de mariage, trop tôt délaissés dans les armoires et qui revivent sur les étals des avenues, trouvent une nouvelle authenticité.

À la maison, Aurélien aide les enfants à faire leurs devoirs de mémoire. Au programme, le souvenir de la fin de la guerre de Cent Ans (bataille de Castillon en 1453) et une repentance pour les cathares brûlés à Montségur (en 1244).

Ce soir, Aurélien et Bérénice iront chez leurs amis les Dufraisse, des anciens de la promotion Sciences Po 86[1], pour une soirée bistrot. Quand ils vivront à la campagne, ils achèteront une vigne et un vieux pressoir et produiront leur propre vin naturel, à l'ancienne.

En rentrant, ils feront un bisou aux enfants, que la nounou aura couchés. Le papier tue-mouches suspendu au-dessus du lit les protège des moustiques tout en protégeant la couche d'ozone. Aurélien et Bérénice enfileront leurs charentaises (la charentaise fait peau neuve grâce à la technique du cousu retourné en ragondin). Et on ira au lit mais chacun dans sa chambre. Bérénice reprendra son ouvrage au crochet (le crochet revient, c'est fou). Aurélien, en

---

1. À lire d'Ariane Chemin, *La Promo 86*, Stock 2004. « Nous étions les premiers bobos » avec Frédéric Beigbeder, David Pujadas, Isabelle Giordano, Arnaud Montebourg, Anne Roumanoff et... les autres noms sont dans l'annuaire de Sciences Po pour ceux qui sont à jour de leur cotisation d'ancien élève.

pyjama, glissera à ses pieds une bouillotte en caoutchouc, si proustienne, sous ses orteils.

C'est bien ainsi. La sexualité instaure la routine dans le couple. Respect mutuel, abstinence, comme nos grands-parents.

Cas n° 3
Tentative de résistance : Vous peut-être ?

> *Ouvrir une huître avec les doigts est un vrai supplice de Cancale.*
>
> (Jean-Paul Sartre)

Le sabre est l'âme du guerrier, dit Mishima. Le rasoir manuel, aussi. *(Surtout à 7 heures du mat' dans la salle de bains devant son miroir.)* Mishima est mort éventré. Vous aussi. Ce coupe-chou est un coupe-gorge. Il vous a laissé des entailles profondes et nettes sur le visage comme si un ours grizzli vous avait caressé la joue. Les lingettes spéciales peaux sensibles n'apaisent rien. Dur, dur d'être un bébé, chantait Jordy, visionnaire. Dur d'avoir une peau de bébé et de supporter le contact de ce faux Kleenex au parfum moite et mièvre, qui « hydrate, rafraîchit, détend ».

Départ au bureau en trottinette. Pas facile de circuler dans le couloir du bus au milieu des rollers qui doublent par la gauche, des vélos qui passent à droite et des scooters qui foncent au milieu. Et surtout très casse-gueule quand on n'est pas remonté sur une patinette depuis l'âge de sept ans. Votre papa disait pourtant : « Tu verras en l'an 2000, on aura tous notre hélicoptère et on prendra des fusées pour la lune. » Mon père n'avait pas raison. Le transport du futur est celui de 1890 : le tramway. En 2007, douze villes françaises ont ouvert leur ligne de tramway. Aujourd'hui, le carburant super tonique qui préserve la couche d'ozone s'appelle le mollet, indispensable pour avancer : vélo, patin, marche, trottinette. En trottinette, le port de l'attaché-case est déconseillé, d'où le sac à dos, comme aux scouts.

Vous passez chez le teinturier récupérer votre costume pour le dîner de ce soir. Quelle est la différence entre votre « artisan teinturier » et un pressing normal ? Le prix. Le chiffre est le même : c'est 15. Mais, paradoxe, l'artisan teinturier, pourtant à l'ancienne, compte déjà en euros : 15 euros. Le pressing, lui, est resté fidèle au franc : 15 francs. Il est vrai que l'artisan repasse à la main. Vous n'aviez pas prévu que circuler à trottinette, en ville, en tenant le guidon d'une main et le cintre sous poche plastique de la veste et du pantalon de l'autre, c'est un numéro qu'on ne voit même pas dans les émissions de Patrick Sébastien. Surtout que lorsqu'il commence à pleuvoir sur les pavés, ça patine sec en patinette.

Ce soir, c'est le grand soir. La révolution n'est pas un dîner de gala, disait Mao. Mais la révolution (sexuelle) commence par un dîner fin avec Clio. À part son nom de voiture dont elle prétend qu'il est aussi celui de la muse de l'Histoire, Clio possède une grâce linéaire et une crinière souple. Il a fallu négocier dur: elle voulait aller à l'inauguration du musée de la muséologie, puis retourner voir *La Fin du jour,* de Julien Duvivier, enfin présentée en version originale, celle du 24 mars 1939, non remasterisée...

Vous allez lui préparer un dîner de bon aloi, colin froid mayonnaise, soupe de fraises. Et pour éviter l'énigme insoluble de la boulangère (rustique ou à l'ancienne?), autant assurer et rester dans le contemporain, le Franprix en bas de chez vous. Là tout n'est qu'ordre et beauté, lucre, calme et volupté. Les fraises y sont surgelées, le colin aussi.

Reste la mayonnaise. La jouer à la Beckham ! Superbe et généreux, à la main et au fouet. Or, voici que Franprix se lance, à son tour, dans l'énigme œux-deepienne en proposant des œufs *« saveur d'antan »*... Qu'est-ce qu'on entend par saveur d'antan ? Antan, c'était en quelle année ? Quelle est la différence entre antan et jadis ? Pourquoi les yaourts Yoplait ont-ils une « saveur de naguère » ? Quelle est la date de péremption de l'œuf d'antan ? Les œufs d'antan sont-ils bios ? Combien de temps faut-il à un œuf saveur d'antan pour être coque ? Existe-t-il encore des témoins survivants pouvant attester de la saveur des œufs d'antan ? Tant pis pour Clio, ce sera mayo en tube.

Elle arrive en retard parce que votre rue a changé de nom depuis que le conseil municipal a décidé de la débaptiser: l'ex-rue Giraudoux, Vichyssois qui mal y pense, est devenue la rue Portalis[1]. Clio porte

---

1. Jean Étienne Portalis (1746-1807), coauteur du Code civil, défenseur d'une femme battue, l'épouse de Mirabeau.

des sabots Scholl, style post-hippie (le sabot revient, au galop, c'est fou).

— C'est moderne, chez vous, dit-elle avec une moue moelleuse, moi, je préfère l'ancien, c'est clair. *(Ça part mal, changez vite de sujet.)* Qu'est-ce que vous écoutez comme musique ?

— Keith Jarrett, le Köln Concert. *(C'est bon, ça!)*

— Connais pas. Vous avez des vinyles ?

— Non, j'ai tout balancé depuis que j'ai un lecteur CD et puis le son...

— est meilleur en vinyle, je suis d'accord. *(Puisqu'elle le dit.)* Je fais de la viole de gambe, vous aimez ?

Les vacances approchent. Vous tentez une première attaque. Des copains vous prêtent leur villa à Ibiza, bord de mer et piscine. Non ? Non, elle envisag d'aller camper dans un fort de la ligne Maginot. Il est important de connaître son passé pour mieux comprendre son présent. *(Si elle le dit. De votre côté, il serait peut-être temps de passer au futur immédiat. Accélérez la procédure.)*

— Clio, une coupe de champagne ? Un canapé ?

— Non, merci. Je ne prends rien. *(Finalement, vous avez bien fait d'opter pour de la mayo en tube.)* D'ailleurs, je m'efforce de ne plus rien ingurgiter. C'est ainsi que je me prépare pour mon pèlerinage annuel à Saint-Jacques-de-Compostelle. Je passerai par Arbas, pour voir « le pays des ours ». Je suis très ours.

Elle exhibe une peluche brunâtre qu'elle vient d'arracher à son sac.

– C'est mon doudou. Je le garde depuis le CP, il ne me quitte jamais, même dans l'intimité.

Elle sourit avec un air buissonnier en tripotant le ventre d'un ourson désarticulé. Vous tentez une nouvelle ouverture.

– C'est joli, ce que vous portez.
– Ça vient de Zadig et Voltaire.

Vous êtes candide. Vous connaissiez les œuvres de Voltaire, les fauteuils Voltaire et même les billets Voltaire de 10 francs. Mais de là à penser que Voltaire avait aussi donné dans la confection... Pourquoi pas *Émile et Rousseau* ? Ou *Emma et Flaubert* ?

– Je suis, ajoute-t-elle, de l'avis de Jean Starobinski qui dit que le XVIIIe est notre berceau.

Tiens ! Puisqu'elle évoque opportunément la literie, le moment est sans doute venu de pousser la porte de la chambre. Une bougie parfumée, des draps de soie, la promesse du bonheur. Quoique. Elle tique :

– Ah, vous n'avez pas d'édredon ? Moi, j'adore me pelotonner sous un gros édredon, ça me rappelle quand j'étais petite chez ma grand-mère.

Elle devient énervante. Mais comment résister à la grâce dominatrice de cette plante balnéaire et à l'autorité de sa voix paisible ?

Une stridulation musicale interrompt soudain ces réminiscences charmantes. C'est un air connu, vous l'entendez, vous pouvez le chanter, mais sans être capable de le nommer. C'est son portable, recouvert d'un étui à tête d'ourson (décidément !). Elle regarde le cadran qui clignote. Un bonheur lui vient aux lèvres.

– C'est ma maman ! fait-elle jubilatoire... *Allô !*
– ...
– Chez un ami.
– ...
– Non, juste un collègue. *(Bon, votre cote est à la baisse.)*
– ...
– Super, il sera sûrement d'accord... Il est très sympa...

Elle se tourne vers vous, délicieuse et exaspérante :
– C'est maman, elle propose de passer pour prendre le café. Il n'y a pas de problème ? *(Si ! et un énorme problème.)* Il est ravi ! *(C'est bien le mot propre, mais c'est elle que l'on vous ravit, on vous ôte le pain de la bouche, la coupe des lèvres, le dessert du palais, la...)* Attends... Je lui demande. C'est quoi le numéro de la rue ici et le code ?

(Dites n'importe quoi, c'est votre dernière chance.)
– On est au 69...
– Au combien ?
– 69 comme la posi... enfin comme l'année du départ du Général et le code, c'est 1715, comme l'année de la mort de Louis XIV !

Elle raccroche. Il vous reste maintenant deux gestes simples à accomplir : 1) étouffer, d'un tacle efficace et discret, le nounours téléphone pour qu'il se taise à jamais *(Bon Dieu, mais c'est bien sûr ! L'air du téléphone, vous l'avez retrouvé : c'était l'indicatif de* Bonne Nuit les petits *avec Nicolas et Pimprenelle)* ; 2) faire retentir tout le vacarme des corps avec Clio.

Vous approchez une main virile de son épaule comestible. Elle pousse un cri. *(Mais alors pas du tout celui que vous auriez pu espérer, non, une sorte de hurlement d'ourse femelle apeurée.)*
– Il est quelle heure ?
– Euh ! 10 heures et quart, je crois.
– C'est bien ce que je craignais... Dépêchez-vous. *(De faire quoi ? D'attaquer l'autre épaule ?)* Allumez la télé. *(Fatal error.)* La 8 ! Ils repassent *Les Rois maudits* dans la version originale de Claude Barma de 1971 avec Jean Piat. *(S'il faut en plus lutter contre Jean Piat.)* Comme ça, en regardant, on attendra ma maman.

Il est minuit. La maman n'est pas venue. Jacques de Molay, Jean Piat, Mahaut d'Artois, Geneviève Casile se sont enfin évanouis de l'écran. Un silence de velours noir s'établit dans la chambre. Clio revisitée par l'Histoire doit se sentir pénétrée par l'âme *(Et le corps ? À voir)* de Blanche et Marguerite de Bourgogne. Vous avez en vous l'ardeur souveraine du chevalier Philippe d'Aunay. Cette chambre sera votre tour de Nesle. À l'assaut !

Mais Clio dort déjà comme un bébé. Que faire ? Rien : déposer un bisou, chaste et tendre, sur le front de votre reine.

Bonne nuit les petits...

II
Les racines du mal

*Le passé, c'est la seule réalité humaine.
Tout ce qui est est passé.*

(Anatole France, *Le Lys rouge*)

II
Les racines
du mal

1. Peurs bleues et idées noires

Le monde change, écrivait Paul Valéry qui avait de la conversation. Le monde, sans doute, la France aussi, mais à sa façon, à nulle autre pareille.

L'histoire commence par une journée particulière, le mercredi 11 août 1999. Ce jour-là, les yeux levés vers le ciel, la France pétrifiée attendait. Vertigineuse angoisse : l'éclipse allait survenir. Nostradamus dans son quatrain X-72, Paco Rabane sur les plateaux de télévision et quelques autres, mais pas Madame Soleil alors en éternelle éclipse, avaient annoncé le commencement de la fin. Et pas un de ces Français qui haussaient les épaules pour chasser ces prédictions d'Apocalypse ne pouvait s'empêcher de se dire, comme Lévy (Marc pas Bernard-Henri), « Et si c'était vrai ? ». L'embrasement n'a pas eu lieu, mais le sentiment confus que nous étions sursitaires de la fin du monde est resté.

Cette première angoisse à peine dissipée, une autre a surgi, plus lourde encore, celle de l'an 2000. Rien à voir avec la grande peur de l'an 1000, qui d'ailleurs n'a jamais existé. À l'époque[1], les Français avaient

1. Sous le règne de Robert II le Pieux.

bien des raisons d'avoir peur: le Diable, l'Enfer, la guerre, les pillages, les épidémies, les seigneurs, la famine et Dieu. Et surtout nul, dans nos campagnes, n'avait la moindre idée de l'année où l'on vivait. Franchement, l'an 1000, on s'en moquait comme de l'an 40.

Dix siècles plus tard, la date du 01.01.2000 à 00 h 00 min 00 signifiait une menace pour le monde entier. Souvenez-vous. Vous-même, oui, vous aviez bien éprouvé un petit pincement au cœur. Avouez... Le *bug* de l'an 2000 allait précipiter les avions sur le sol, couper les téléphones, vider les comptes bancaires, éteindre la lumière, planter les ordinateurs et, suprême angoisse, brouiller les images des télévisions. Là encore, on pouvait en haussant les épaules se dire que ces sinistres avertissements ressemblaient aux cris de Philippulus le Prophète qui dans *L'Étoile mystérieuse* annonce la fin des temps. Mais comment faire taire cette petite voix intérieure qui reprenait le beau et lancinant titre du beau et lancinant ouvrage de Marc Lévy *Et si c'était vrai?*

Apocalypse now? No, not now

L'Apocalypse existait donc et les Français avaient vraiment failli la rencontrer. Avoir traversé ces deux ports de l'angoisse, en quatre mois, cela faisait beaucoup pour notre vieille France. Or le «Et si c'était vrai?» est devenu vrai de vrai, le 25 juillet 2000. Cet après-midi-là, la chute du Concorde à Roissy, plus fondatrice encore que celle d'Icare, «emportait le rêve de toute une génération», comme on dit au JT. Paco Rabane avait vu juste : un objet flamboyant allait tomber du ciel et s'écraser sur l'Île-de-France. Puis ce fut le tour des tours. L'impossible était possible et le progrès n'était pas le progrès.

Alors, les Français, en ce commencement de XXIe siècle, décidèrent que non, décidément non, ce n'était pas la peine de continuer et que, à bien y réfléchir, avant c'était mieux et qu'il fallait certes avancer mais vers l'arrière. *No future.* Pas tellement de présent. Alors vive le passé (simple). Finalement, le raisonnement se tient : le passé, c'est de l'ancien futur qui a fait ses preuves. Cette décision tacite du corps social unanime témoigne du génie français et de ce bon sens dont nous sommes depuis Montaigne si généreusement pourvus. Nous partîmes donc carrément à reculons et loin, presque jusqu'à Jean Ier le Posthume, c'est dire. L'antépathie était entrée dans Paris.

Nul ne l'avait vue venir. Pas un seul des stéthoscopes auscultateurs des névroses françaises que manient les bons docteurs Minc, Attali, Zimmern, Marseille, Baverez, Lipovetsky, Julliard, Finkielkraut ou même Cyrulnik ne l'avait pressentie.

La vérité oblige à dire que les premières formes du virus de l'antépathie avaient pourtant été identifiées par deux jeunes chercheurs français, modestes et subtils, aux prestiges admirables. Le premier, François Reynaert[1], avait dès 1994 décrypté les prémices

---

1. Dans l'admirable *Fin de siècle*, Calmann-Lévy, 1994.

d'une société gagnée par la quête de l'authentique, haute en toc, qu'il avait baptisée d'*archéopathe*. Le second, Antoine Cassan[1], avait établi, en 1995, la modélisation politique de ce phénomène postmoderne. Et ces jeunes esprits avaient bien du mérite alors : en cette époque, qui semble si lointaine, un vent nouveau soufflait. Du beaujolais aux philosophes, tout devait être *nouveau*. Déferlait non plus la nouvelle vague mais une nouvelle marée. Nouveau franc, nouveaux pères, nouvelles technologies, nouvelle chanson française, nouveau PAF, nouveaux hommes, nouveaux pauvres, nouvelle majorité, les nouveaux réacs[2] et même l'éphémère Nouvelle France de Jacques Chirac de 1995.

Dave et Yourcenar

Depuis dix ans, le virus antépathe a grossi, muté, proliféré. Il s'est complexifié, démultiplié, densifié. Et voilà. C'était mieux avant.

C'était mieux quand on était petit, quand on allait à l'école comme Harry Potter, comme le Petit Nicolas, comme *Les Disparus de Saint-Agil* ou les élèves du pensionnat de Sarlat. En culottes courtes (pour les plus vieux), en pantalons de velours côtelé (pour les

---

1. Dans l'admirable *Vivement hier*, J.-C. Lattès, 1995.
2. On retrouvera la liste complète de ces nouveautés dans les excellentes 246 pages que Lucas Fournier a consacrées au phénomène dans l'admirable *C'est nouveau, ça vient de sortir,* Éd. du Seuil, 1987.

autres). Mais c'était encore mieux quand on était petit bébé et qu'on avait sa maman comme Bambi, son doudou comme Petit Ours brun, sa tétine comme Loana, et c'était même encore bien mieux, encore avant, quand c'était le temps de l'Histoire de France et même carrément encore avant, au temps des dolmens, des ours et des loups sauvages dans les Pyrénées et, allons-y, même des dinosaures. La France a ainsi décidé d'emprunter le chemin exactement inverse de celui accompli par Marguerite Yourcenar dans *Archives du Nord*. Marguerite Cleenewerk de Crayencour commençait ses Mémoires par ses très lointains ancêtres, les premiers vertébrés de l'ère quaternaire pour aboutir à son XXe siècle. Finalement, nous, Français, avons suivi une autre voie, en reprenant l'injonction de Wouter Otto Levenbach (Dave). Oui, Dave nous recommandait d'aller «faire un tour du côté de chez Swann»: nous refaisons «le chemin à l'envers».

Qu'est-ce qu'il nous arrive? Que s'est-il passé? Voici la grande explication, pas forcément drôle, en ce tout début d'ouvrage, mais nous ne sommes pas là pour rigoler tôt.

2. Crise, crac, Cac[1]

La confiance, tous les économistes vous le diront, si vous rencontrez un économiste, bien sûr, est le premier moteur de la croissance. Et donc sans confiance, pas de croissance. Mais quand la croissance est absente, la confiance s'en va. Pas facile d'en sortir. Et, depuis quinze ans, la confiance ne règne plus, on ne croit plus donc on ne croît plus.

Des optimistes invétérés avaient osé proclamer qu'il restait l'esprit d'entreprise, le désir d'avenir, la volonté d'aller de l'avant, que les mots innovation, compétition, conquête avaient un sens, que la foi déplaçait des montagnes et que quand on veut on peut... Ils ont été mis au pas. Les diagnostics des garagistes penchés sur le moteur de la croissance française sont tous hélas arrivés aux mêmes conclusions. François Mitterrand, le premier, avait bien dit, « Ni ni », qu'il n'y pouvait rien, qu'on ne pouvait ni avancer ni reculer, « on fait plus la pièce, désolé ».

---

1. Hommage à Jean Boissonnat et Michel Albert qui publièrent au Seuil, en 1988, l'inoubliable (et admirable) *Crise, Krach, Boom*, et à Lucas Fournier qui, l'année d'après, chez le même éditeur, fit paraître le trop oublié (quoique admirable) *Crac-Crac*.

Lionel Jospin, peu après, avait confirmé que lui aussi avait vraiment tout essayé mais que ça ne marchait pas : « Le moteur doit être vieux, usé, fatigué. » Jean-Pierre Raffarin avait constaté que ce serait difficile mais qu'on pourrait peut-être repartir à condition de réussir un démarrage en côte, car « la pente est rude mais la route est droite ». Seul, Dominique de Villepin avait cru constater un frémissement :

> *Le moteur reste bon et le cœur est ardent,*
> *À moi les forces vives, réparons les cardans,*
> *Pour repartir ensemble avec la quintessence.*

Il a soufflé pour désencrasser le carburateur (il est des lieux où souffle l'esprit) et il a dit qu'avec l'énergie nationale qu'on avait on allait repartir. Mais personne n'a voulu pousser avec lui pour aller jusqu'à la prochaine station de quintessence.

Après les politiques, sont arrivés les économistes : ils ont dit que le moteur était plombé par la dette, les déficits, la sur-administration. « Mon pauvre, vous n'avez pas fini de la payer, votre voiture. » Ils ont préconisé un détartrage, un désamiantage, un dégraissage d'une machine trop lourde pour un si petit moteur. « Soit on répare, mais ça risque de coûter très cher. Soit on change de modèle : le meilleur rapport qualité/prix, c'est le modèle scandinave, surtout le danois ; bien sûr on peut chercher du côté des Chinois ou des Coréens, c'est vraiment moins cher mais pas confortable et la sécurité laisse à désirer, enfin, c'est vous qui voyez. » De toute façon, depuis le début, on savait à quoi s'en tenir. L'experte de l'assurance, Viviane Forester, avait prévenu de toute façon, c'est foutu, votre modèle, il a comme un défaut qui s'appelle *L'Horreur économique*[1].

Avec tout ça, comment avoir confiance ? Les Français, un peu inquiets par ces diagnostics accablants et ces factures annoncées, ont examiné la situation. Et ils ont constaté que, oui, décidément autour d'eux, tout foutait le camp : le franc, les emplois, les retraites, les cerveaux, la morale, le moral, l'école et même le *Clemenceau*. Et c'est précisément en regardant notre porte-avions voguer vers l'Inde que les Français ont pris conscience d'une autre horreur, *horresco referens*, l'horreur géographique.

De l'horreur économique à l'erreur géographique

Ces pays lointains, pour lesquels les enfants des écoles organisaient des collectes, ces pays sous-développés ou au mieux en voie de développement, sympathiques mais pauvres, se présentent aujourd'hui comme des puissances économiques. Beaucoup moins pauvres et donc beaucoup moins sympathiques. Le monde de Jacques Dutronc n'est plus le même. *Sept cents millions de Chinois. Et moi, et moi, et moi. Avec ma vie, mon petit chez-moi. J'y pense et*

---

1. *L'Horreur économique*, Fayard, Paris, 1996, 224 pages, 98 francs. L'horreur économique, c'est qu'on peut aussi trouver ce livre pour 98 centimes sur le net.

puis j'oublie. Les Chinois sont deux fois plus nombreux, on y pense mais on n'oublie pas. La peur bleue du péril jaune a changé de nature. Dans les années 30, on avait peur que les étrangers viennent manger le pain des Français, comme disait le regretté Fernand Raynaud. On avait tort : maintenant, c'est nous qui mangeons leur pain et eux qui achètent nos gâteaux. L'Inde remplace ses vaches sacrées par des ingénieurs *high-tech*. L'Asie a mis des tigres dans son moteur : Taïwan, la Corée, Singapour. Le delta du Mékong est l'alpha et l'oméga de la croissance indochinoise. Ni Marguerite Duras ni Vincent Perez ne la reconnaîtraient, leur Indochine. Forcément. La Russie produit plein de gaz et de milliardaires. L'Amérique poursuit son élevage intensif de *capitalist pigs*. Et, en Europe, les Lettons s'offrent un taux de croissance de 13 % par an. Dix fois mieux qu'en France. On se consolera parce que personne ne connaît le nom de la capitale de la Lettonie[1]. Et les Irlandais, chez qui voilà vingt ans on ne mangeait que des pommes de terre et seulement les jours de messe, se retrouvent à présent beaucoup plus riches que nous[2]. Allez les verts ! En soi, ce n'est pas si grave, mais un peu agaçant parce que maintenant ces gens-là rachètent nos châteaux, nos femmes, nos fermes, nos vins, notre Bourse et même nos usines. C'est même sidérant, comme on disait chez Arcelor.

---

1. Ne me dites pas que vous saviez que c'est Tallinn !
2. Selon une étude de la Bank of Ireland, de 2006, les Irlandais sont les plus riches du monde, juste après les Japonais.

Moralité : puisque tous les autres pays nous dépassent et qu'on n'est plus capables de les rattraper, alors autant revenir à avant, quelques décades en arrière, au temps où nous étions encore parmi les meilleurs.

Bulle et bug

La France a peur, disait le philosophe Roger Gicquel. Et de beaucoup de choses. Des bugs et des bulles. Un bug, on ne sait pas ce que c'est, mais on pressent qu'il s'agit d'un diagnostic fatal. Une sorte de hoquet prémonitoire qui coupe le souffle de l'ordinateur et la chique au docteur. Y a un bug. On espère le débogage, dans un certain temps. À ce jour, une technique limitée s'offre aux informaticiens : tout éteindre puis tout rallumer. C'est la même d'ailleurs dans les relations amoureuses : « Chéri, notre couple bogue, alors on arrête trois mois et on verra si ça repart… » Ça ne repart pas mais… Pardon de cette digression. Quoi qu'il en soit, le bug conserve ses mystères. La bulle, on connaît mieux, ça commence toujours bien, avec légèreté, mais la fin s'annonce désastreuse : ou elle explose ou elle s'évanouit. De la bulle spéculative à la bulle technologique, de la bulle immobilière à la bulle de l'économie thaïlandaise, le monde qu'on croyait recouvert d'eau à 70 % n'est constitué que de bulles. Une belle leçon d'humidité.

Les Français se sont d'abord souvenus qu'autrefois

on se lavait au savon de Marseille[1]. Ou mieux qu'on ne se lavait pas, ce qui était sagesse. On ne connaissait pas alors les jacuzzis et les bains avec savon moussant à bulles. Ils ont réalisé que, dans les temps lointains de leur enfance, les pièces d'or naguère planquées sous les matelas ne craignaient pas l'avidité des golden boys de Hong-Kong ni de disparaître dans le triangle des Bermudes de la spéculation. Et qu'avant au moins la Bourse s'appelait corbeille, avec un vrai fond, pas comme ces fonds de pension qui font toucher le fond au petit épargnant. Depuis Messier, on ne croit plus au Messie.

Tout concorde : après le crash du Concorde, les claques des cadors du Cac, les craques du Nasdaq et le casse des cracks du Nikkei, macache cash pour le petit porteur. Avant, c'était mieux.

---

[1]. Puisque nous évoquons les grandes capitales, dissipons les doutes et confondons les menteurs : la véritable capitale de la Lettonie n'est pas Tallinn (Estonie) ni Vilnius (Lituanie), de noire mémoire, mais bel et bien Riga naguère célèbre pour ses basketteuses géantes.

3. On n'a pas de pétrole mais on n'a pas d'idées

> *On voit que l'histoire est une galerie de tableaux où il y a peu d'originaux et beaucoup de copies.*
>
> (Alexis de Tocqueville, *L'Ancien Régime et la Révolution*)

En 1973, les Français apprirent 1) l'existence de l'OPEP, 2) qu'ils n'avaient pas de pétrole mais qu'ils avaient au moins des idées. Trente-cinq ans plus tard, les Français apprirent l'existence de Gazprom, le grand producteur de gaz russe, et qu'ils n'avaient toujours pas de pétrole (et pas de gaz davantage) mais que les autres aussi n'en avaient plus. L'*oil peak* approchait (ce n'est pas un cosmétique mais le moment où la production mondiale de pétrole ne pourra plus satisfaire la demande, le commencement de la fin).

Et les idées ? Personne n'a eu l'idée de dire aux Français qu'on en avait toujours… parce que justement depuis un moment on n'en a même plus. Panne d'idées, panne de la création. Pourquoi ? Je n'en ai pas la moindre idée. Et puis pourquoi se donner le mal de créer alors que les progrès de la photocopie et l'admirable invention du copier-coller nous en dispensent ? Il suffit de reprendre (sans accrocs), de refaire (en contrefaçon), de revisiter (en rebaptisant), de reconstituer (en kit), de recommencer (en renumérotant), de réchauffer (au micro-ondes), de reproduire (pour un éternel retour), de redécouvrir (en retrouvant l'authentique ?), de ressortir (en nouvelle version), de revenir (en arrière), de republier (en nouvelle édition), de remixer (sur CD-Rom), de recomposer (le paysage urbain, politique, culturel), de refonder (le pacte social), de remastériser (les vieilles copies), de rénover (l'ancien), de réhabiliter (l'oublié), de rééditer (l'épuisé) et de retrouver (tout ce qu'on avait perdu [1]), bref de régurgiter.

Mais revenons au génie français, déjà évoqué et dont Jacques Attali, lui-même paradoxe des harmonies, dit qu'il est « l'harmonie des paradoxes ». Le génie français ne pouvait admettre qu'on n'eût plus d'idées et qu'il fallait se contenter de ce recyclage. Un procédé vulgaire qui sentait un peu le réchauffé. Car le génie français se fait sans bouillir [2]. Il fallut que les forces obscures du capitalisme national, des médias, des politiques s'alliassent toutes dans un complot funeste pour promouvoir une idée neuve en France. Pas ringard, pas rétro... non, un vrai concept totalement novateur qui tient en quatre mots : avant, c'était mieux. Ce substrat idéologique mis en place, l'opération marketing était prête. On allait retrouver tout ce qui était perdu pour toujours ou dont, un jour

---

1. Les bureaux des objets trouvés se trouvent toujours à Paris XVe au 36, rue des Morillons. Pour les autres villes, cherchez...
2. Celle-là, je n'aurais peut-être pas dû la faire.

d'égarement, on n'avait plus voulu. Jacques Séguéla parla même de résurrection. Et, pour des gens comme vous et moi qui ne tenons pas à mourir tout de suite et même du tout, la résurrection, c'est le concept idéal. Applicable partout dans la société antépathe comme en attestent trois exemples succincts mais édifiants.

1) Le retour de la vignette

Le 30 juin 1956, Paul Ramadier, président du Conseil et ami des bêtes, invente la vignette, un impôt sur les autos et pour les vieux. En 2001, Laurent Fabius supprime la vignette qui était devenue un impôt double peine : les vieux beaucoup plus motorisés qu'en 1956 le payaient pour leur Clio (ou Panda) et surtout aucun vieux depuis quarante ans n'avait vu la couleur de cet argent. La couleur de la vignette, on la voyait changeant chaque année, gommettes hexagonales carrées ou rondes selon les millésimes, parant les pare-brise de décalcomanies bariolées. Les associations de retraités réclamaient les quinze milliards (des euros ou des francs, on ne sait plus) ainsi évaporés.

Et voici qu'au printemps 2006 il commence à faire chaud. La situation alerte quelques valeureux sénateurs du parti antépathe qui se souviennent de ce que la canicule 2003 a coûté en vies au pays et en circonscriptions à quelques élus. Chaleur = canicule = vieillards (pardon *anciens*) en danger = climatiseurs = des sous = un impôt pour les vieux = la vignette. Cinquante ans après, retour gagnant de Ramadier, sous forme d'une proposition de loi, à ce jour restée lettre... morte.

2) Le retour du 45 tours

«Je préfère mourir plutôt que de chanter *Satisfaction* à quarante ans», disait Mick Jagger en 1972 et en anglais. Il n'est pas mort, à la satisfaction générale. Il est même ressuscité quarante-cinq ans après ses débuts à Soho en 1962, comme ont pu le constater en 2006 ses admirateurs français, leurs enfants, petits-enfants et arrière-petits-enfants. Qu'on se rassure, les chanteurs français ont fait plus et mieux dans le genre.

À soixante balais, Johnny et Eddie n'étaient jamais partis. Aubert ne change pas de station depuis trente ans. Les autres font du RE : Elli Medeiros a fait son retour en 2006, Polnareff en 2007. Dutronc et Françoise Hardy revisitent les chansons de Mireille et Jean Nohain. Maxime Le Forestier, un revenant, après vingt ans d'absence, se refait la cerise en chantant Brassens. Pascal Obispo se retourne sur son passé et chante «ses années 80». Laurent Voulzy, comme Yvonne Printemps, réinvente *Le Pot-pourri d'Alain Gerbault* de 1931 et nous ressert *Santiano* et *La Madrague* dans son CD *La Septième Vague*. Florent Pagny reprend les grands airs du répertoire. Michel Fugain tente la reconstitution de ligue dissoute en ressuscitant le temps du Big Bazar. Les starisseaux de la *Star Ac* font de la récup dans le stock des 45 tours vinyles en massacrant *L'Orange* de Bécaud et *Les Comédiens* d'Aznavour. Nolwenn Leroy, rebelle, rebêle les tubes de Michel Berger. Nicolas Peyrac, moins Absalon, tente un énième retour, *so far ago from Frisco*. Jacques Higelin retrouve son génie avec le répertoire de Charles Trenet. Étienne Daho relooke les chansons de Piaf. Comme Chimène Badi. Et Bruel qui a compris depuis « on s'était dit rendez-vous dans dix ans… » que le coup de la nostalgie était payant s'est offert un retour aux années 40 grâce à son album *Entre-deux* (guerres ?)[1] et se reshoote à la nostalgie avec l'album *Des souvenirs devant* en 2006.

Les (re)créateurs de spectacles musicaux ont repris la veine ouverte par Robert Hossein (Jésus, Ben-Hur, Louis XVI, de Gaulle, Lénine). Ils ont depuis cinq ans pillé le stock des classiques : *Notre-Dame de Paris* (hommage à Hugo), *Les Dix Commandements* (hommage à Moïse), *Roméo et Juliette* (hommage à Shakespeare) et même *Le Chanteur de Mexico* (hommage à Luis Mariano) ou *Starmania* (hommage à Balavoine)…

Et ne parlons pas des rossignols choristes en culottes courtes de Gérard Jugnot, nous y reviendrons sous toutes les tessitures. Vous allez me dire : il y a des nouveaux ! Le *slam* élégant de Grand Corps Malade ? C'est un remake de Nougaro phrasant

---

1. En 2002, avec le tube du *Dernier Métro*, *Mon amant de Saint-Jean*, mais aussi *Ramona* et *Parlez-moi d'amour*.

l'alexandrin. Et M ? C'est un rejeton de Louis Chédid. Et Calojero ? Réécoutez Gérard Blanc et trouvez la différence. Et Raphaël ? Il se met dans les pas de Clerc (Julien) avec des textes emberlificoteurs façon Roda-Gil. Et Cali ? Un remix catalan de Jean-Louis Aubert. Et Bénabar ? Lui applique le précepte d'Eddie Barclay, qui s'y connaissait côté cour (basse) et côté jardin (d'enfants) : « Quand les nymphettes gloussent, c'est que la mayonnaise a pris[1]. » Mike Brant et Joe Dassin avaient mis en sauce la recette. Et Diam's ? Bien joué. Diam's, c'est du neuf.

3) Le retour de Voltaire et Zola

En 1762, Voltaire, pseudonyme de François-Marie Arouet, écrivain et philosophe, se fait le héraut d'une cause perdue : l'affaire Jean Calas, un innocent condamné au supplice de la roue en place publique à Toulouse, et exécuté pour un meurtre qu'il n'a pas commis. Voltaire écrit beaucoup, au cardinal de Bernis, à Choiseul, au roi. Calas sera réhabilité trois ans plus tard.

En 1898, Émile Zola, pas de pseudo, écrivain et penseur, se fait le héraut d'une cause perdue. Son *J'accuse* adressé au président de la République, Félix Faure, dans le journal *L'Aurore*, relancera l'affaire Dreyfus et conduira dix ans après à la réhabilitation du capitaine Dreyfus.

---

1. Cité par le grand Patrice Delbourg, *Mélodies chroniques*, Le Castor Astral, 1994.

En 2004, Fred Vargas, pseudonyme de Frédérique on ne sait pas son vrai nom, écrivaine et penseure (?), se fait la héraute d'une cause perdue : Cesare Battisti, écrivain italien et ex-activiste des années de plomb, jugé et condamné dans son pays, réfugié en France sous la protection de François Mitterrand et que le tribunal de Grenoble a décidé d'extrader pour le livrer aux juges et aux geôles. *La Vérité sur Cesare Battisti* comporte trente-six textes. Les appels signés par des plumes offensées se multiplient. Comme Voltaire et Zola, ses aïeux spirituels, Fred dit qu'il faut crier beaucoup. Le résultat n'est pas encore connu. Comme Voltaire et Zola, Fred aura-t-elle une avenue à son nom ou sera-t-elle nulle et non avenue ?

Le jeu des 7 familles

Bref, deux principes activent la société du RE, socle de l'antépathie :

1) On prend les mêmes et on recommence.
2) On ne change pas une équipe qui gagne.

Les candides vont dire : mais ces deux principes signifient exactement la même chose ! Bien vu, les candides. Oui, mais c'est bel et bien cela l'antépathie : l'art de la duplication, toujours répéter la même chose. Tellement dur de trouver une idée ; aussi quand on en tient une, on l'exploite sous toutes ses formes. Et on la recopie. À défaut de disposer des ingrédients d'origine, on essaie de trouver des produits identiques. La meilleure reproduction, malgré les progrès du clonage, reste la naturelle, tous les éleveurs de viande certifiée française (VF) vous le diront. Voilà pourquoi la société antépathe consomme autant de fils et de filles de... ceux qui, comme le dit Beaumarchais dans *Figaro*, « se sont donné la peine de naître ». On peut ainsi obtenir des remakes très présentables. Et, en plus, on assure à Mireille Dumas un plateau de fruits de mères pour sa prochaine émission : *Que c'est dur d'être fils (maman, père, grand-père, cousin, etc.) d'un personnage célèbre...*

Dans le jeu des 7 familles du RE[1], souvent des familles recomposées, piochons au hasard :

• **Famille show-biz** : tous les Hallyday dont l'adorable Laura Smet, les Chédid, les Souchon, les Béart (le père Guy, injustement oublié, et l'émoustillante Emmanuelle), les Sardou (les grands-parents Victorien et Jackie, le fils Michel et les enfants, Cynthia, Davy et Romain), les Winter (l'affriolante Ophélie et son papa David-Alexandre, inoubliable interprète de *O Lady Mary*), les Birkin (avec la maman, la généreuse Jane, Andrew le frère, la fille : la charmante Charlotte Gainsbourg, une autre fille : la gouleyante Lou Doillon).

• **Famille cinéma** : vous qui voulez monter les marches du palais de Cannes, perdez ici toute espérance à moins que votre ADN ne porte une trace d'un père ou d'une mère déjà célèbres. Sinon laissez passer

---

[1]. On en saura plus en lisant le livre de Frédéric Teulon, *Les FFD, la France aux mains des Fils et Filles De,* Bourin éditeur, 2005.

en haut de l'affiche la tribu Depardieu (Gérard et Élisabeth, et les enfants Julie et Guillaume), les Delon (Alain[1], Nathalie naguère, Anthony, Anouchka et Alain-Fabien, tous nés l'année des *A*), les Cassel (le délicieux Jean-Pierre et ses petits Vincent, Mathias et Cécile), les Auteuil (Daniel et la belle Aurore), les Bohringer (Richard et la romanesque Romane), les Jobert (Marlène et sa fille la gracieuse Éva Green sans compter la nièce, la chanteuse Elsa) et bien sûr les Lelouch (Claude et ses femmes et filles, trop nombreuses pour être citées). Bonne nouvelle pour vous : Fabrice Luchini a réussi sans son papa ni sa maman.
• **Famille théâtre** : Depuis les Guitry, hors concours, la collection recèle les Galabru (le papa Michel, Jean et Rebecca), les Savary (papa Jérôme et sa fille Nina), les Mesguisch (autour du sublime Daniel, les siens : William, Sarah et Rebecca), les Wilson et les Seigner (Louis le grand-père admirable et les petites-filles, l'énigmatique Mathilde et la belle Emmanuelle).
• **Famille télé** : les Bellemare, les Barma (père réalisateur, fille productrice), les Castaldi (papa ex de *Fort Boyard* et le fils ex de Flavie), les Tapie, les Drucker (avec Jean, Michel et la marivaudante Marie), les d'Arvor. Mais notons, même si son cas ne plaît pas à tout le monde, que Marc-Olivier Fogiel lui s'est fait tout seul. Comme Jean-Pierre Foucault et Ardisson.
– **Famille politique** : certaines charges ou certains fiefs paraissent génétiquement transmissibles. Dans

---

1. Alain qui s'est REmis avec Mireille Darc pour un REtour sur les planches début 2007.

l'urne comme derrière son Caddie, le consommateur préfère les marques déjà connues. Voyez ces ministres de père en fils : les Debré (Michel et Bernard et Jean-Louis), les Giscard (le grand-père Bardoux, Valéry et Louis-Joachim), les Raffarin (le papa de JP était secrétaire d'État à l'Agriculture dans le gouvernement Mendès France), les Villepin (Dominique et Xavier, le père, président de commission sénatoriale), les Delors, Jacques et Martine, les frères Deniau. Chez les de Gaulle, Philippe, le fils de Charles, l'amiral a jeté l'ancre au Sénat. Et la troisième génération, celle des petits-fils du Général, comme le malheureux héros de *La Marche de Radetzky*, a fait ce qu'elle a pu : Jean député et Charles, un temps, député européen. Pour le palais Bourbon, le Sénat ou la mairie, prière aussi de passer par la case papa : les Abelin vont dans la Vienne, les Du Luart occupent la Sarthe, les de Raincourt se succèdent dans l'Yonne, les Buron d'abord puis les Hunault ont pris racine à Chateaubriant, les Baudis, père et fils, ont conquis le Capitole à Toulouse, les Grenet s'abonnent à Bayonne, les Bosson sont à Annecy, les Narquin (Bachelot) ne font qu'un à Angers, les Marie (Alliot) sont biarrots, les Chinaud et les Dominati sont entrés dans Paris, les Giacobbi font la Corse, les Demange ont investi en Moselle comme les Ceccaldi-Raynaud dans le 9.2.

• **Famille business** : celle-ci est plus classique, de grands-pères en petits-fils, on bâtit un empire, on hérite et on se succède avec plus ou moins de succès. Dans le jeu des deux cents familles, les plus belles figures sont les Bouygues, les Peugeot, les Riboud, les Lagardère, les Arnault, les Dassault, les Seydoux, les Taittinger.

• **Famille intello**: les intellectuels, quelle que soit leur position, engagée ou en chaise longue, réussissent aussi à se reproduire. Au-delà de la saga des Servan-Schreiber, écoutons les discours de la mai(son)Todd, coucou les Klarsfeld, hello les Enthoven, amitiés aux Mitterrand (François, Frédéric et Mazarine), bisous à Justine et à son papa Bernard-Henri, bonjour aux Delerm et salut les Jardin.

Il n'y a finalement que le sport qui rende très difficile la réplique à l'identique. On peut être «athlète dans sa tête», comme l'écrit Paul Fournel, et même dans ses gènes, il faut aussi des jambes et le talent, qui n'est pas forcément fourni à la naissance. En avoir ou pas. Le fils Villeneuve, après des éclats tonitruants, rame en Formule 1. Le fils Belmondo est resté en Paul position (la dernière) sur les circuits. Attendons de voir si Niko, fils de Keke (Rosberg), dépassera son père. Le fils Merckx se maintient dans le peloton. On ne voit que Djorkaeff et l'Italien Maldini en foot, Cambérabéro et Dourthe en rugby pour être des fils à papa dignes de la gloire de leurs pères.

Familles, tout le monde ne vous hait point. Dans ce RE, qui n'est que l'éternelle déclinaison de l'envie de vivre, donc de Revivre, nous satisfaisons ce qu'Antoine Blondin désignait comme notre vocation permanente à remettre les pas dans les pas, à retrouver nos propres empreintes sur les pistes de la mémoire.

Refermons cette page et allons vers l'avant! À la suivante.

4. Les mystères
de la Grande Pyramide

Le déficit du savoir est abyssinal.

(Luc Ferry)

Les Français vieillissent, c'est ce qu'ils ont trouvé de mieux pour ne pas mourir tout de suite. Et ils font des enfants, c'est ce qu'ils ont trouvé de plus agréable à faire (surtout pour les pères)... pour rester jeunes.

Du haut de la pyramide des âges, neuf millions de siècles contemplent la France. Faites vous-même le calcul. Il existait, en effet, en 2005, plus de douze millions et demi de Français âgés de plus de soixante ans. Ils seront, nous serons, vous serez (vous y compris, en tout cas je vous souhaite d'arriver là-haut, en suivant votre pente toujours en montant) plus de vingt-deux millions en 2050. Comment allons-nous tous tenir sur la pointe de la pyramide ? C'est bien là le problème que les Français n'envisagent pas spontanément avec enthousiasme. Qui va payer pour nourrir et soigner ces vieux singes grimpés si haut et si vieux ? En principe, la France d'en bas. Du bas de la pyramide, qui a déjà du mal à joindre les deux bouts. Ajoutez à ces enthousiasmantes perspectives le constat, et ce n'est pas être gérontophobe, que les vieux ne sont pas tous forcément tournés vers le futur. Beaucoup préfèrent se tourner vers la télé à l'heure du Pernod (Jean-Pierre) ou de *Questions pour un champion* ou vers leur assiette, à la maison de retraite *Les Mouflons*, à Lamalou-les-Bains, surtout si l'on sert du Flanby, ou vers « la pendule d'argent qui ronronne au salon ». Pas trop de perspectives, mais un marché, car les vieux constituent « une demande solvable ». Pardon de ce vocabulaire abscons que je traduis pour les non-économistes : les vieux ont besoin de plein de choses. Et avec leurs retraites, quelques-uns ont, pour l'instant, de quoi se les payer. Ainsi a fleuri toute une économie spécifique qui n'est pas de la start-up ou de la gazelle. Une presse abondante qui apprend à liquider sa retraite et à prévenir les fuites. Une industrie des voyages qui transporte les sexas et les octos de l'Oural à Tamanrasset. Des magasins de jardinage et de bricolage. Des monte-charge installés sur la rampe d'escalier, des conventions obsèques, des kits complets de services à la personne, des festivals d'opérette, des prothèses dentaires et auditives, des pharmacopées anti-âge, des produits anti-cholestérol pour Jacques Weber, des sites de rencontre pour veufs, des cours d'aérobic du troisième âge. Et surtout la médecine française et la gestion de la sécurité sociale ont réussi à faire vieillir un peu plus chaque année tous nos anciens. Presque un mois de gagné par an. S'il y a des gagnants, qui est le perdant ? Cet âge est sans pitié. La Fontaine avait raison : « La jeunesse se flatte, et croit tout obtenir ; la vieillesse est impitoyable [1]. » N'est-ce pas ce que vous

---

1. « Le vieux chat et la jeune souris. »

avez pensé, bloqué à 40 à l'heure derrière une Fiat Panda musardant bien au milieu de la départementale et insensible à vos appels de phares et à vos coups de klaxon ? *On est pas pressés, on est retraités.*

Regardons à présent vers le bas (de la pyramide). Vers les jeunes pousses de la Nation. Nous faisons plein d'enfants et c'est bien. Beaucoup plus que tout le reste de l'Europe.

L'augmentation naturelle de la population française atteignait 250 000 en 2005, alors que les Allemands perdaient *ein hundert drei und zwanzig tausend* habitants. Ah ! Prendre un enfant par la main, comme dit le poète. Retrouver en soi les parfums et l'âme de l'enfance. Tous ces petits Français qui vagissent dans nos pouponnières et à qui de méchants oracles annoncent qu'ils auront à payer des milliers d'euros pour rembourser les dettes de leurs parents[1] et des générations passées, mais qu'on les épargne !

Alors, la France du milieu, entre berceau et grabat, elle fait quoi ? Elle se penche sur son passé et sur son berceau. On tutoie le drame de la condition humaine, livrée à une dialectique singulière : d'un côté, ces vieillards vénérés gardiens de la mémoire de cet *avant* si heureux, de l'autre, ces chères têtes blondes qui font revivre le temps béni de notre *avant* à nous, notre enfance.

---

1. Patrick Artus et Marie-Paule Viard donnent tous les chiffres dans *Comment nous avons ruiné nos enfants*, La Découverte, septembre 2006. Il y avait 4 retraités pour 10 actifs en 2006. Nous serons 7 pour 10 actifs en 2040.

Résumé des chapitres précédents

1) La crise économique et la mondialisation ne nous promettent pas des lendemains qui chantent.
2) Le système de production nous condamne au REcyclage perpétuel.
3) La France peuplée de vieillards et de nouveau-nés se shoote au parfum des souvenirs et des pouponnières.

Voilà pourquoi notre France est malade d'antépathie.
Voilà pourquoi vous vous sentez si mal et que vous essayez maladroitement de retourner en arrière. Je ne porte pas de jugement moral. Nous nous efforçons de comprendre ensemble.
Fermez ce livre, un instant, et ouvrez la fenêtre. Et allez prendre un bain... c'est bon de se replonger dans l'univers fœtal, écoutez un petit menuet de Mozart, éternel jeune homme, buvez un verre d'eau plate. Et si vous le pouvez tombez amoureux, il n'y a rien de mieux pour s'en sortir et espérer en l'avenir.

Quand vous vous sentirez assez fort dans votre tête. Continuez à lire. Et jusqu'au bout. La thérapie est commencée.

Non, finalement,
n'ouvrez surtout pas la fenêtre !

Une alerte orange de Météo France annonce un nouveau pic de pollution et des températures de 5 à 10 degrés supérieures aux normales saisonnières.

Il y a aussi le temps qui change et qui ne va pas s'arranger et qui nous fait regretter avant. Dire que Flaubert trouvait que 33 degrés, c'était trop. Imaginez ce qu'il serait advenu de Bouvard et Pécuchet, aujourd'hui, avec 10 degrés de plus…

Comme il faisait une chaleur de 43 degrés, le boulevard Bourbon se trouvait absolument désert (…). Une rumeur confuse montait du loin dans l'atmosphère tiède ; et tout semblait engourdi par le désœuvrement du dimanche et la tristesse des jours d'été. Deux hommes parurent. (…)
Quand ils furent arrivés au milieu du boulevard, ils s'assirent à la même minute, sur le même banc.
– Il fait chaud.
– Il n'y a plus de saison…
– Il n'y a même plus de marchands des quatre-saisons.

– Il y a juste la musique des *Quatre Saisons* de Vivaldi chez Picard.

– C'est à cause des produits surgelés que la banquise fond : plus on fait de l'électricité pour avoir du froid et plus on produit de la chaleur.

– C'est parce que nos enfants veulent des esquimaux au dessert que bientôt il n'y aura plus d'ours blancs.

– Drôle d'époque.

– C'est le temps qui ne va pas.

– Avec le temps, va, tout s'en va.

– Dans le temps, je vous parle d'un temps que les moins de vingt ans ne peuvent pas connaître, on laissait du temps au temps.

– On prenait le temps de vivre.

– C'était au temps où Bruxelles chantait.

– Le temps des cathédrales.

– On ne construit plus de cathédrales.

– On n'avait pas d'heure d'été.

– Mais on avait des vrais étés.

– Sous le soleil exactement.

– Depuis que Gillot-Pétré nous a quittés, le temps s'est détraqué…

– Mais ça avait commencé à la mort d'Albert Simon.

– Comme le temps passe.

– Mais par où ?

– La tempête de 99.

– La canicule de 2003.

– L'été 2006.

– Le tsunami et les ouragans… Katrina, Rita, Wilna.

64

— Ah, les femmes.
— On n'avait pas des jours classés rouges.
— Pas de vigilance orange.
— Pas de trous dans la couche d'ozone.
— On bat chaque année des records de chaleur.
— Ou des records de froid.
— Et encore, ils ne nous disent pas tout.
— Vous savez quand il est mort Alain Gillot-Pétré ? Le vendredi 31 décembre 1999... il savait, lui.
— Il savait quoi ?
— Il savait qu'après l'an 2000, c'était la fin des temps, que la planète allait se réchauffer, que les glaciers allaient fondre, que les fleuves allaient s'assécher, que les mers allaient tout inonder, que les sources allaient se tarir, que les récoltes allaient griller sur place, que les criquets pèlerins allaient envahir la Scandinavie et que les pauvres des pays pauvres allaient déferler sur nous pour boire l'eau de nos piscines et de nos lave-vaisselle, que ce serait la guerre de l'eau et que pour survivre on se battrait à coups de bombes atomiques iraniennes...
— Et après ?
— Il n'y aura plus d'après... ce sera la fin du monde.
— Vous êtes sûr ?
— Oui, le président des États-Unis est déjà au courant. Il s'est fait construire un abri antiatomique avec des vivres et beaucoup d'eau. Il y a déjà installé son chien et toute sa belle-famille.
— Et nous ? Qu'est-ce qu'on peut faire ?
— Nous nous retirerons à la campagne (...).
— À l'abri, dans une caverne !

– Comme aux temps d'avant.
– Comme Platon.
– Nous ferons tout ce qui nous plaira ! Nous laisserons pousser notre barbe ! Nous mangerons nos propres poules...
– Oui, mais... s'il y a la grippe aviaire ?

Ils tombèrent dans une sorte d'hébétude. Puis ce furent des insomnies, des alternatives de colère et d'espoir, d'exaltation et d'abattement.

Faites-vous dépister :
le test

Test de dépistage anonyme et gratuit.

Avertissement : Ce test est fortement déconseillé aux personnes sensibles et aux femmes enceintes. La responsabilité de l'auteur et de l'éditeur ne saurait être engagée pour les conséquences conjugales, affectives, égotistes de la participation à ce test. Faut-il rappeler aux amoureux de l'Histoire, que le mot test a été introduit en 1875 par le psychologue Alfred Binet, à partir du mot anglais « test » : examen, épreuve, lui-même issu du vieux français « test » : pot de terre, qui servait à l'essai de l'or en alchimie ?

Le premier test de dépistage de l'antépathie est opérationnel. Vous allez enfin savoir si vous êtes atteint et à quel degré. Répondez à ce test en toute sincérité. Ne donnez qu'une réponse par question (sauf si vous avez vraiment envie d'en donner deux). Bonne chance et bon courage.

1. Vous êtes dans l'ascenseur du Danieli, *un palace de Venise, seul(e) avec Nicole Kidman (ou George Clooney), l'ascenseur tombe en panne. Que faites-vous ?*

A Vous sortez votre couteau suisse et vous commencez à démonter le boîtier pour tenter la réparation
B Vous sortez votre couteau suisse et vous gravez sur la paroi en vieux chêne de l'ascenseur ses initiales et les vôtres entremêlées
C Vous appuyez sur le bouton *Alarme*
D Vous lisez à haute voix à votre compagnon(ne) de voyage un passage de *La Tentation de Venise* d'Alain Juppé
E Vous tentez une ouverture
E Rien

2. Il y a le feu au Louvre, quel tableau emportez-vous ?
A *L'Origine du monde* de Gustave Courbet
B Le *Portrait du président Valéry Giscard d'Estaing à la chasse au gnou* de Nicolas de Staël
C *Esther se parant pour être présentée au roi Assuérus* de Théodore Chassériau
D Le tableau le plus près de la sortie
E Vous n'allez jamais au Louvre

3. Quel personnage historique aimeriez-vous ressusciter ?
A La princesse Diana
B Jean Ier le Posthume
C Guy Lux et Simone Garnier
D Lazare

E La maman de Bambi
F Coluche

4. Pour vos funérailles, quel air aimeriez-vous entendre ?
A *Born to be alive* par Patrick Hernandez
B La prière primitive du peuple papou
C *SOS* de Rihanna
D Une oraison funèbre prononcée par Jack Lang
E *Le Requiem* de Mozart
F *Petit Papa Noël* par Tino Rossi

5. Quel animal d'autrefois aimeriez-vous réintroduire en Auvergne ?
A La bête du Gévaudan à Saint-Flour
B Antoine Pinay à Saint-Chamont
C Un condor à La Bourboule
D Des mammouths à Issoire
E Ysengrin en rut à Ambert

6. Vous dormez (quand vous arrivez à dormir)
A Avec un pyjama
B Sur le ventre
C Nu
D Pas seul
E Très mal
F Sous un édredon en plumes d'oie authentiques

7. De quoi aimeriez-vous être capable un jour ?
A Réussir la grille la plus difficile du sudoku
B Reconstituer votre arbre généalogique jusqu'au règne de Jean Ier le Posthume

C Monter votre *start-up*
D Courir le marathon de New York avec Yannick Noah
E Être une bombe sexuelle

8. Que veut dire le mot immarcescible ?
A Vous ne savez pas et vous préférez ne pas le savoir
B Vous le savez parce que vous avez regardé dans le dictionnaire
C Vous le savez pour de vrai (vérifiez quand même dans le dictionnaire)

9. Quelle est votre devise ?
A Quand on a du bien, on a du mal
B Ça s'en va et ça revient
C Avant c'était mieux
D Surtout ne te retourne pas
E Je reprendrais bien des moules

10. Vous devez faire une recherche sur Google et vous n'arrivez pas à vous connecter à Internet, que faites-vous ?
A Vous appelez la hotline*
B Vous cherchez la réponse dans le dictionnaire
C Vous n'avez pas Internet
D Rien

* 3,16 euros, prix d'un appel hors service lié à l'opérateur

11. Le héros de votre enfance que vous n'oublierez jamais
A Vercingétorix
B Casimir

C Votre père
D Le (la) petit(e) cousin (ou cousine) qui vous a montré ce qu'il (ou elle) avait découvert avant vous sur les mystères de la vie
E Vous avez oublié

12. À votre avis, où va l'homme ?
A Il se dirige vers la station d'autobus pour attendre le 63
B En avant vers son destin
C À la librairie, acheter la suite du *Da Vinci Code*
D Il ferait mieux de rester chez lui
E Ça ne vous regarde pas

13. Si c'était à refaire, vous auriez été :
A Instituteur dans une école de campagne à Rouffignac-de-Sigoulès (ou à Lamalou-les-Bains)
B L'abbé Pierre
C Bill Gates
D Archiviste, chargé du fonds ancien, de la très petite bibliothèque de Sainte-Foy-la-Grande
E Votre mère

14. Prenez votre âge, ajoutez 15 si vous êtes un homme, n'ajoutez rien si vous êtes une femme, puis divisez le nombre obtenu par 2.

15. Vous ne pourriez pas vous passer :
A Du livre des pensées du dalaï-lama
B De votre Blackberry
C D'écouter les résultats de la 29e journée de championnat (de foot)

D De votre kit de survie en cas d'alerte NBC[1]
E Des chansons de Bénabar
F De prendre une douche tous les jours

16. La meilleure émission de télévision :
A *Frou-Frou* de Christine Bravo
B *Ushuaïa* de Nicolas Hulot
C *La Chance aux chansons* de Pascal Sevran
D Le tirage du *Keno*
E *La Marche du siècle* de Jean-Marie Cavada
F *L'Île aux enfants* avec Casimir

17. Il manque un jour de commémoration officielle à notre calendrier, vous proposeriez qu'on célèbre chaque année
A Le 21 février, naissance de Jeanne Calment, doyenne de l'humanité (1875)
B Le 17 juillet, fin de la guerre de Cent Ans (1453)
C Le 20 juillet, les premiers pas de l'homme sur la lune (1969)
D Le 23 juin, naissance de Zidane (1972)
E Votre anniversaire

18. À la fin de ce test, quel est l'état présent de votre esprit ?
A Exaspéré d'avoir perdu votre temps à faire un test ridicule
B Anxieux de savoir enfin votre taux d'antépathie
C Agacé parce que vous n'avez pas de quoi noter

---

1. Si vous ne savez pas ce que veut dire NBC, c'est que vous ne l'avez pas, ce kit.

D Indifférent, c'est rien de le dire
E Interpellé (au niveau du vécu)

Les résultats du test se trouvent un peu plus loin... Avant de vous précipiter, lisez tranquillement la suite. Vous n'en serez que mieux préparé à aborder le dernier chapitre.

III
Les grands syndromes antépathes

Comme le disait Louis Althusser à propos du *Capital* de Marx, une herméneutique du soupçon doit nous conduire à une relecture symptomale. Relisons donc la France ainsi. Avec sympathie, empathie même à cause de cet énorme soupçon d'antépathie qui pèse sur notre beau et cher pays.

L'antépathie est une maladie de système. Elle affecte des points différents du corps social. Le sujet présente des troubles aux causes et aux manifestations multiples.

La Société française d'antépathie a identifié quatre syndromes dominants qui peuvent se combiner chez les patients. Par ordre de gravité et de chronologie rétrospective et régressive :

– le syndrome *Les Choristes* : le retour à la préadolescence
– le syndrome *lingette :* le retour au berceau
– le syndrome *Jeanne Calment* : le retour aux aïeux
– le syndrome *Alexandre Dumas* : le retour aux origines de notre Histoire.

Avertissement au lecteur : tout ça a l'air très compliqué surtout pour des béotiens mais tout est vrai-

ment très bien expliqué et surtout, si vous êtes parvenu jusqu'à cette page (n'écartons pas l'hypothèse que certains aient pu déjà lâcher en route), il ne fait pas de doute que vous avez des capacités intellectuelles très au-dessus du commun. Donc allez-y et poursuivez résolument.

5. Le syndrome *Les Choristes* ou le retour à la préadolescence

> *Pour mieux vivre, il faut rester un explorateur de son enfance avec des yeux d'enfant.*
>
> (Marcel Rufo,
> interview au *Monde*, été 2006)

Savez-vous pourquoi *Les Choristes*, sorti en 2004, remake de *La Cage aux rossignols* de Jean Dréville de 1945 ont fait huit millions six cent mille entrées en France ? Comprenez-vous le triomphe du film *Être et Avoir* sur la vie d'une école rurale ? Pourquoi le succès de *La Gloire de mon père* et du *Château de ma mère*, sans cesse rediffusés ? Pourquoi la *Star Academy* (TF1) fait-elle un carton ? Comprenez-vous les bonnes notes du *Pensionnat de Sarlat* sur M6 où vingt-quatre élèves, enfermés dans un vrai pensionnat version 1960, préparent le BEPC ? Quelle est la raison du triomphe de *L'Instit* (Gérard Klein) sur France 2, des vingt-cinq épisodes de *Madame le Proviseur* – devenue *Madame la Proviseure* – avec Danièle Delorme, puis Charlotte de Turckheim et Éva Darlan, de la vingtaine de *Monos,* également sur France 2, de *Mademoiselle Joubert* avec Laurence

Boccolini en institutrice sur TF1 ou de *Oui, chef!* sur M6 ?

Vous savez, bien sûr, ou vous pressentez la réponse… Ou alors, nous nous sommes mal compris. Nous voici déjà pourtant rendus à la page 80 de cet ouvrage. Si vous n'avez pas saisi, fermez ce bouquin et retournez à Paulo Coelho ou Anna Gavalda. Comment, vous pensiez que ?… Vous me rappelez Descartes. Oui, René Descartes, quand il était à l'école, il pensait mais il ne suivait pas.

Pour tous les autres, chers lecteurs lucides et pertinents, vous avez bien entendu immédiatement décelé que nous avions là une grosse attaque d'antépathie, connue sous l'appellation de syndrome des *Choristes*. La France retourne à la préadolescence, au temps de l'école. Que celui qui n'a jamais croqué de Petit écolier ou avalé de Petit filou me jette la première bille !

Après ces prolégomènes, au travail !

Lisez attentivement le texte ci-dessous. Puis essayez de répondre aux questions.

> De <u>mado.jasson@hotmail.fr</u>
> À <u>jasson@wanadoo.fr</u>
> Objet passage en prime
> Envoyé le 6 juin 2007-23. 56

Ma maman cheri que j M

Aujourdoujourdui, je suis dégoutée de chez dégouté ;
je tapel pas sur le portable vu que la directisse du pensionat a fait un truc ignoble, une histoir de malades, elle a confixé tous les portable de tous les éléve, Ça me soule, grave ; Tout ça a cause de charlotte qui c'est fait prendre dans le dortoire des garcon. Genre, Le juri a voulu la punire et l'esclure du chatau ; on a dis a charlotte qu'on l'aimer super for, meme moi malgré qu'elle est sorti avec jérome, et on a fait une chene hummaine vivante de solidaritée autour du chatau pour l'ampéché de sortir. Je te dit pas comme on été trop enervé comme pour le CPE. Alor la directrisse est venu et a dis que puiscq c'été ça on passerez pas en prime et tout et elle a pri tout nos portable. Il me reste que l'ipod, je te dit pas l'angoisse. J'ai été voir la CPE mais elle sans fiche, à mon avis c'est mort

Tu voit c'est trop injust, ca me soule j'ai fait pleins d'eforts cet anné pour passé en prime et pas redoublé ma seconde. Bon j'ai eue que 7 a l'evluassion d'histegé mais le juri été super dur surtou en geo : il m on demander une question sur l'electricité et le prof Monsieu Mazouaire il nous avaient dit de revisé l'NRJ. Et j'ai di que la mayenne, c'été une ville prés de la reunion et de la martinique et ils ont rigolé. C'est relou.

Je m'applic vraimant. La prof de francai nous a donner un livre de poesie sur l'alcolle, elle est cool, de Guy Yomapolinère, c'est super-beau, le mem genre que les chansons de raphael, si tu vois... c'est mieu que le Cidre qu'ont a fait l'anné dernière parce que moi, frenchement rodrige j'en avait ma claque, bon tu vois, je fait rien que des effor, en plus je fai mon lit au caré et tout et le surveyan a dit que je vivai bien dans le groupe mais j'ai peur, maman, du juri du conseye de class, grave ;

J'essay de pas me metre trop la pression et de pas me prendre la tete ; Je sait que je sui forte dan ma tete et que si je pass en prime ce sera hénaurme et apré ce sera que du bonheure et le bac que du bonus, c'est clair

Croise for les doits pour moi

Je te fai des bisous et des calin, ma maman d'amour

Mado qui t m

Relisez ce texte, puis passez tranquillement aux questions de la page suivante.

Quelques questions

A. COMPRÉHENSION DU TEXTE

1) Qui a écrit cette lettre ?
- le poète Guy Yomapolinère
- Mado Jasson
- la CPE
- le CPE
2) Combien de protagonistes sont-ils cités dans cette lettre ?
3) Pourquoi Mado est-elle en colère ?
4) Comment s'appelle la classe qui, au lycée, suit la seconde ?

B. CONNAISSANCES GÉNÉRALES

1) Qu'est-ce qu'un pensionnat ?
2) Que signifient les verbes : instruire ? enseigner ? éduquer ?
3) La Mayenne est-elle :
- un bagne de Guyane
- un îlot de l'océan Indien, territoire français d'outre-mer
- un affluent qui rejoint la Nive et l'Adour à Bayonne
- tout autre chose

4) Lequel de ces mots ne prend pas de *x* au pluriel : bisou, caillou, genou, joujou, pou ?

C. ÉPREUVE DE RÉDACTION (AU CHOIX)

1) Vous imaginerez la réponse de la maman de Mado à sa fille.
2) Pensez-vous que Mado mérite vraiment de passer en prime ? Justifiez votre réponse.
3) Albert Camus a écrit : « Entre ma mère et la justice, je crois à la justice mais je défendrai ma mère avant la justice. » En vous appuyant sur le récit de Mado, vous commenterez cet aphorisme de l'auteur des *Justes*.
4) En quoi ce premier document illustre-t-il *ou pas* le syndrome n° 1 de l'antépathie, dit le syndrome des *Choristes* ?

Personnellement, je choisirai de traiter le sujet n° 4.

Sujet n° 4: *En quoi, ce premier document illustre-t-il ou pas le syndrome n° 1 de l'antépathie, dit le syndrome des* Choristes *?*

INTRODUCTION

Le syndrome des *Choristes* est un des quatre grands symptômes de base de l'antépathie, tels que le professeur Fournier a été le premier à les identifier dès 2007. Les autres sont maintenant connus : le syndrome *lingette* désigne le retour à la petite enfance, puis le syndrome *Jeanne Calment,* le retour aux aïeux, enfin, le syndrome *Alexandre Dumas,* le retour aux origines de notre Histoire.

Nous allons démontrer que le texte très intéressant qui est proposé à notre sagacité illustre magnifiquement ce qui constitue l'ontologie du syndrome dit *« Les Choristes »* : nous sommes redevenus des enfants qui rêvent de retourner à l'école.

Dans une première partie, nous démontrerons comment nous sommes redevenus des enfants. Puis, dans une seconde partie, nous démontrerons pourquoi et comment nous rêvons de retourner à l'école. Et, en conclusion, nous conclurons.

DÉVELOPPEMENT

Première partie

Dans cette première partie, nous allons démontrer de quelle façon nous retombons en enfance. Pour cela, nous étudierons, dans une première sous-partie, les manifestations les plus ostensibles voir ostentatoires de cet état de chose, puis dans une seconde sous-partie, nous nous livrerons à une analyse psychologique de l'individu contemporain.

A. À quoi constate-t-on que nous sommes retombés en enfance ?

a) au vêtement
Les grandes personnes (ou adultes) s'habillent maintenant comme des enfants. Sweats, tee-shirts, baskets, jeans. Le *dress code* classique – costume pour papa, tailleur pour maman, survêt pour les enfants – a volé en éclats. À bout d'habits, les générations mélangent leurs vêtements. Ainsi la marque Petit Bateau a-t-elle vu son chiffre d'affaires croître de 20 % en un an, avec un triomphe des modèles quatorze-seize ans achetés par les femmes de trente ans. Le temps nous manque, et ce n'est hélas pas le sujet proposé, pour commenter la puissance érotique de ces modèles. Les mamans portent comme leurs filles des ballerines

Repetto. La publicité du Comptoir des cotonniers promeut cette image de la mère et la fille, ces dames trouvant leur bonheur dans la même boutique. Et dans les familles recomposées, on recompose même les garde-robes. Les tee-shirts aussi sont en indivision.

b) à l'alimentation

Puisque l'alcool et le tabac sont à présent interdits aux mineurs comme aux majeurs, les adultes se sont remis à boire du Nesquik et du Banania et croquent sans vergogne des Chocapic et des Frosties. Et quelle grande personne n'a jamais mangé une sucette Chupa Chups, un bonbon Haribo ou une fraise Tagada? La publicité a d'ailleurs exploité la filière bouffe tellement fédératrice des grands et petits. Le spot télévisé pour McDonald's nous montre un petit garçon apprenant à son papa comment on mange avec les doigts. D'où il ressort que les doigts de l'homme (adulte) sont à présent dans l'assiette.

c) à la façon de parler

Les grandes personnes, sans que nul ne les y contraigne, se sont mises à parler comme des enfants. Doudou, bisou, chonchon, bobo, nounou. Les présentateurs Météo de Canal + semblent s'adresser non pas à la ménagère de plus de trente-cinq ans mais à des enfants à peine à l'âge de raison. Vocabulaire minimal. Pas de phrases, peu de syntaxe. Les «basses pressions centrées sur le sud-ouest du pays» deviennent: «Hou la la, les gros vilains nuages vont faire pluie-pluie à Bayonne.» Quant à la carte de France, façon Vidal de La Blache, elle se mue en une marelle gigantesque sur quoi la météorologue sautille comme un cabri. La très officielle Prévention routière s'est transformée en annexe de camp scout : bonjour visage pâle, moi Bison futé, toi écouter moi. Et le langage texto des SMS, ontologiquement infantile, est devenu le nouveau « français, première langue ». C'est clair.

d) aux activités culturelles

Que fait-on quand on est grand ? On tripote des peluches, comme tous les lofteurs ou les staracadémiciens. On chantonne des chansons culte des feuilletons d'enfance : *Capitaine Flamme, Albator, Casimir.* On lit des BD et des mangas. On regarde des dessins animés en VF auxquels les plus grands comédiens donnent leurs voix (Alexandra Lamy, Alain Chabat, Smaïn, Valérie Lemercier). On graffe. On met Babar au Panthéon [1]. On regarde *Friends.* On crapahute à *Fort Boyard* dans un remake du *Club des cinq en vacances*. On fait des pâtés de sable à Paris-plage. On joue avec son fils à la Game Boy. D'ailleurs, on joue à tout : au Keno, au loto, au Millionnaire, au Banco, au Morpion (mais nous ne sommes pas chargés de faire la promotion des produits de la Française des Jeux) [2], aux courses, aux

---

1. Licence poétique, c'est à la Bibliothèque nationale de France que viennent d'entrer *Le Voyage de Babar* (1932), *Les Vacances de Zéphyr* (1936) et *Le Château de Babar* (1961).
2. De 1999 à 2005, la dépense par joueur a progressé de 75 % à la Française des Jeux et dans les casinos. Pour les parieurs du PMU, elle a augmenté de 91 % (source : rapport du Sénat, 8 novembre 2006).

casinos de plus en plus nombreux, au quintet, à Pyramide, aux Chiffres et aux lettres (il y a même des clubs spécialisés), à Qui veut gagner des millions?, au Maillon faible, au sudoku, au poker (avec Bruel), aux mots fléchés, au jeu de go, au Trivial Pursuit, mais ne poursuivons pas une énumération qui finirait par lasser notre lecteur-correcteur...

e) à la festitude
Et surtout, comme les enfants, on ne veut pas travailler, on préfère faire la fête. Les Gay Pride, Technival, fêtes de la musique, des pères, des mères, des grands-mères, des enfoirés, des bistrots, des secrétaires, des immeubles, des potes, des Loges, des jardins, du patrimoine, du cinéma, du pain, nationale, de l'Internet, de l'Huma, de Bayonne, des amoureux, du livre et des pompiers sans parler des festivals (une fête et un festival, c'est un peu pareil, on reste dans le festif, mais nous ne parlerons pas des festivals, lesquels ne représentent pas moins de vingt-deux millions huit cent mille occurrences sur Google, cela nous entraînerait, nous élève consciencieux et vous correcteur scrupuleux, au-delà du temps raisonnable que l'on doit consacrer à la rédaction d'une part et à la correction d'autre part de cette copie), bref la festitude prolifère et occupe toutes les journées du calendrier.

Trop de démonstrations probantes tuant la démonstration, nous en resterons là pour l'instant. Ayant bouclé donc cette première sous-partie de la première partie, nous n'en sommes que plus aises pour aborder de front la seconde sous-partie de la première partie, en posant tout de go et tout à trac la question. Quelle analyse psychologique tirer de cette situation ? La réponse est simple dans l'ensemble mais compliquée dans les détails.

B. *Le Français contemporain est d'abord la victime d'un cocktail complexe de complexes :*

a) le complexe d'Oyonnax

Oyonnax est une petite ville de l'Ain, code postal 01 100, célèbre dans le monde entier pour ses usines de plastique et la valeur au Scrabble de l'adjectif oyonnaxien (28 points sans compter les cases mot compte triple). Le plastique, ou plutôt la plastique, est une nouvelle passion française. La silicone vallée à la française fabrique des implants mammaires ou fessiers. Là où il y a du collagène, il y a du plaisir et des lèvres charnues et des joues replètes. Une industrie active s'efforce de rendre aux Français l'éclat de leur jeunesse. Pattes-d'oie et rides du lion sont traquées par les chasseurs de rides. L'individu est dégraissé, épluché de ses peaux d'orange, ses petits capitons sont réduits. Il faut, c'est un impératif catégorique, être jeune.

b) le complexe de Peter Pan

Peter Pan est un petit homme vert prépubère qui vole avec deux gamins noctambules et un nounours dans un film de Walt Disney. Ce complexe a été admirablement décrit par Dan Kiley, les tabloïds psys et incarné par Michael Jackson et Chantal Goya[1]. Ne remettons pas en cause leur travail par d'inutiles coquecigrues.

c) le complexe du homard

Ce complexe a été très bien décrit par Ségolène Royal et Françoise Dolto, nous n'y reviendrons pas. Il n'échappe à personne que le homard est dur à l'extérieur et mou à l'intérieur. L'adolescence est « la seule période où l'on puisse parler de vie au plein sens du terme. Les attracteurs pulsionnels se déchaînent vers l'âge de treize ans, ensuite ils diminuent peu à peu ou plutôt ils se résolvent en modèles de comportement, qui ne sont après tout que des forces figées », écrit Houellebecq dans *Extension du domaine de la lutte*. Il n'appartient certes pas à un élève, modeste, de commenter ou de paraphraser la pensée du maître à penser d'une génération de complexés, mal dans leur peau. Après Sartre, Marcuse et Foucault[2], l'intrusion de Houellebecq dans la pensée française montre bien que les temps ont changé. Mais MH a un tout petit peu raison quand même ; à treize ans, on n'a pas encore découvert ses limites et qu'elles sont infranchissables, mais à trente ans, on n'a plus qu'une ressource, financièrement imparable et psychanalytiquement acceptable : refaire ce qu'on faisait à treize ans (habiter chez ses parents) tout en étant rebelle (sauf pour l'argent de poche).

Mais nous nous sommes aventurés à la limite

---

1. Enfin de retour à la demande générale des babyboomers.
2. Michel pas Jean-Pierre, ni Charles de.

extrême du raisonnement et donc, contrairement à Peter Pan, redescendons sur terre.

d) *le complexe de l'anguille*

L'anguille est un poisson qui se faufile partout et c'est une méthode contemporaine de non-gestion de sa propre vie. Le bébé digère, l'adolescent exagère et l'adulte doit gérer. Pourquoi gère-t-on tout ? Son budget, les conflits au bureau, sa vie sexuelle, ses propres contradictions. L'anguille ne gère pas, elle se barre. Napoléon disait qu'en amour la seule victoire était la fuite. L'adulte contemporain a la lucidité d'appliquer largement la méthode. Évitons les drames, les emmerdes, dirait Aznavour, ou plutôt les soucis. (Souci : nom d'une petite fleur et substantif modéré qui sert à atténuer les horreurs de l'existence, révélateur d'une réaction infantile face au monde. Même pas peur. Même pas mal. Camus, s'il était toujours là, n'aurait pas commencé *L'Étranger* par « Aujourd'hui, maman est morte » mais « Aujourd'hui, j'ai eu un souci avec ma maman ». Nous allons peut-être refermer ici cette parenthèse qui pourrait nous entraîner très (trop) loin.)

Tout ce cocktail est bien complexe et l'abus de complexes nuit à la santé.

Après avoir démontré de façon irréfutable que nous voilà redevenus des enfants, passons à une seconde partie. Nous y démontrerons tout aussi implacablement que nous voulons retourner à l'école.

Seconde partie

Nous vivons donc un temps où les Français n'ont plus qu'un rêve: retourner à l'école, nous l'allons montrer tout à l'heure, dans la première sous-partie de la seconde partie de cette dissertation, maintenant bien engagée (trois heures d'écriture) et dont la note se dessine dans l'esprit indulgent mais sagace de notre correcteur. Ainsi étudierons-nous quelques exemples édifiants de ce besoin impérieux de retourner à l'école. Puis dans une sous-seconde partie de la seconde partie, nous tenterons d'expliquer pourquoi.

A. Quelques exemples illustrent la volonté des Français de retourner à l'école:

De toutes les façons, l'école est obligatoire jusqu'à seize ans, alors forcément, si on se prend pour un enfant, on est aussi légalement obligé de vouloir retourner à l'école. CQFD. Nous pourrions certes arrêter ici la démonstration, mais, pour la beauté du geste, développons.

a) le retour de la rentrée des classes

Le mot rentrée a été prononcé 249 fois à la télévision, le lundi 4 septembre[1], à l'occasion de la dernière rentrée scolaire. L'insistance et la délectation

---

1. N'oublions pas le 4 septembre de célébrer le 4 septembre 1870 et la naissance de la IIIe République.

avec lesquelles les commentateurs se sont étendus sur ce concept, qu'ils ont ensuite décliné en rentrée littéraire, politique, syndicale, théâtrale, sociale, les reportages persistants sur l'achat compulsif des fournitures scolaires, l'angoisse touchante des parents, la fébrilité consciencieuse des enseignants, l'inquiétude en abyme des petits, la colère légitime des CPE, le diagnostic préoccupé des pédiatres sur le poids des cartables, la bienveillante sollicitude du ministre, les récriminations récurrentes des syndicats de propriétaires d'enfants scolarisés et les satisfecit renouvelés du rectorat, tout ce hourvari se passe de commentaires. Jetons donc un voile pudique sur la dernière rentrée.

b) le come-back de la grammaire

La grammaire est devenue grâce à Orsenna «une chanson douce», la dictée grâce à Pivot une distraction joyeuse. Le Bescherelle fait de la publicité branchée dans les magazines au même titre que le dernier Amélie Nothomb ou Frédéric Beigbeder : « Sans Bescherelle, t'as tout faux. » Pour ceux qui ont tant souffert sous Petitmangin et surtout Bled, voilà une révélation bien déconcertante. La grammaire incarne l'école et l'antépathie en même temps. N'est-il pas singulier que la conjugaison française ne dispose que d'un seul et unique temps pour exprimer le présent, le présent, un cadeau du moment (ex. j'aime les Mistral gagnants, Renaud) et pas moins de cinq pour évoquer le passé : simple (j'aimai les Roudoudous, Hugues Aufray), composé (j'ai aimé les zans, Michel Sardou), plus-que-parfait (j'avais aimé les boules de coco, Jean Ferrat), antérieur (j'eus aimé les Malabars, Carlos) et imparfait (j'aimais les sucettes à l'anis, Annie Cordy) ? Sans compter un sixième, compliqué dans son essence, le futur antérieur : on ne veut tellement pas du futur qu'on en parle comme s'il était déjà derrière nous (j'aurai mangé des pruneaux, Francis Cabrel).

Pour les réfractaires à la grammaire, la société antépathe en a inventé une autre inutile et arithmétique : le sudoku. Comment expliquer autrement que des adultes enfin débarrassés des problèmes de calcul et d'algèbre, ayant renoncé aux matrices et aux bouliers, s'absorbent des heures entières dans cet exercice tout droit sorti d'un manuel de CM2 ?

c) le renouveau de la notation
Longtemps la France n'acceptait les bulletins de notes que deux fois dans l'année : le jour du grand prix de l'Eurovision *« Finland, two points, Belgium, six points… »* et au patinage artistique avant même l'invention de Nelson Montfort. Mai 68 avait même, pavé de bonnes intentions, supprimé la notation. La société antépathe fait passer l'addition. On note partout : les indices officiels (qualité de l'air, des UV et des eaux de baignade), les hommes politiques et les restaurants, les joueurs de foot et les derniers films, les candidats top models et les romans. Les magazines du jeudi recèlent les nouveaux carnets de notes : à la baisse, à la hausse, bons points, mauvais points, cartons rouges. Messieurs les censeurs, bonjour. Que peut dire papa Ribéry voyant revenir son fils de l'école avec un 5 sur 10, en récitation, s'il

s'expose à un : « Oui mais toi, papa, tu as eu 4 sur 10 dans *L'Équipe* après ton match de samedi soir à Sochaux » ?

Ces quelques exemples probants nous démontrent bien à quel point les Français veulent retourner à l'école. Maintenant se pose la question, et nous disposons de la totalité de la seconde sous-partie de notre deuxième partie pour y répondre, en élevant le débat : quel sens donner à cette scolarophilie ?

B. Quel sens donner à cette scolarophilie ?

Je crois que c'est clair, comme disait Serge July, ce goût de l'école révèle significativement trois vieux mythes républicains.

a) l'égalitarisme républicain

Beaucoup (trop) a été dit et même écrit sur l'égalité des chances. Au temps des tabliers et des uniformes[1], et des frontons républicains proclamant la marmoréenne devise nationale – Liberté, égalité, fraternité – chacun pouvait se sentir égal. Certains étaient certes, avait observé Coluche, plus égaux que les autres. Mais en gros, les égos étaient égaux devant le tableau noir face à la question insistante du maître : alors comment calcule-t-on la tangente ?

---

1. Trois députés UMP ont déposé en septembre 2006 une proposition de loi pour réinstaurer l'uniforme à l'école.

b) le besoin d'autorité

« Il est des époques où les malheurs des temps font sentir au peuple le besoin de l'autorité », écrivait avec son style si cocasse Pierre Gaxotte, dans sa *Révolution française*. Aujourd'hui, il n'est plus question de révolution. Le concept est périmé depuis 1968. On saura gré cependant à la Révolution de nous avoir donné l'opportunité d'une célébration nationale en 1989, si enthousiasmante qu'elle a ouvert le cycle des lieux de mémoire et anniversaires, fondement de la France du XXIe siècle. On remerciera aussi les sans-culottes de nous avoir légué la bouleversante histoire de Marie-Antoinette dont Sofia Coppola fit un film en 2006 et chez qui les créateurs, toujours adeptes du *copier-coller,* ont puisé des sources nouvelles : des robes à faux-cul signées John Galliano, des broderies anglaises et cerise chez Dolce & Gabbana, des macarons roses Ladurée, la réédition par les Musées nationaux des bijoux de la reine.

Après cette digression, revenons au besoin d'autorité. Il est bel et bien là. C'est une vérité de la police, disait le ministre de l'Intérieur. Alain Duhamel, Nicolas Tenzer, Nicolas Sarkozy, Max Gallo ont leur avis sur l'autorité publique, nous n'y reviendrons pas. Mais notons, à notre modeste niveau, que la France de ce bizarre début de siècle s'est choisi des héros d'autorité : des juges (Cordier, le JAP), des flics (Navarro, Julie Lescaut, Derrick, le commissaire Moulin), des gendarmes (une femme d'honneur et le GIGN), des enseignants qui ne se laissent pas marcher sur les pieds (l'instit, la proviseur, le chef), des entraîneurs forts en gueule (Aimé Jacquet, Claude Onesta, Guy Roux, Rolland Courbis, Luis Fernandez, Bernard Laporte) et des costauds qui rampent dans la gadoue des émissions de Charles Villeneuve pour devenir des super-flics, des super-gendarmes, des super-paras, des super-commandos. De quoi complaire à Péguy, lui qui « vomissait les tièdes ». Voilà pourquoi les « coaches » font mouche. Il faut bien, aux grandes personnes si égarées dans ce monde si difficile, des tuteurs et des mentors.

c) le faustisme

Quand on se rassied sur les bancs de l'école, on redevient petit garçon, comme chantait Michel Sardou. Les cosmétiques, les perruquiers, les chirurgiens esthétiques, les relookeurs font ce qu'ils peuvent pour sauver la face – ou du moins les apparences – mais il y a le dedans aussi qui veut rester jeune. Dorian Gray n'est pas loin. Parce que la jeunesse n'est plus un défaut dont on se corrige chaque jour, mais une qualité à approfondir tout au long de la vie. Comment échapper à l'implacable du curriculum vitae sinon en courant très vite et en imitant ses propres enfants ? Au fond, Hegel[1] serait aujourd'hui pris en défaut : le fils n'est plus « la mort du père », c'est le fils qui fait la résurrection du père. Amen.

---

1. Pour approfondir, on lira *Spinoza encule Hegel* de Jean-Bernard Pouy, Baleine, 1996.

CONCLUSION

Ayant cité Hegel, Sardou et Oscar Wilde dans le dernier paragraphe, et ayant réussi à élever le débat jusqu'à Dieu le Père, peut-être pas très haut, mais tout seul, nous avons, avec brio, démantelé le concept syncrétique qui se cache derrière l'appellation «syndrome des *Choristes*».

Flaubert disait que la bêtise consiste à vouloir conclure. Et il avait raison.

6. Le syndrome *lingette* ou le retour au berceau

Salut les zouzous !

Valérie-Anne Giscard d'Estaing, qui a longtemps publié un *Livre mondial des inventions*, ne nous contestera pas que la plus grande invention de la fin du siècle passé soit la lingette. Celle-ci demeura longtemps réservée au décrottage des fesses des nourrissons et à l'hydratation des passagers des vols internationaux, ainsi qu'au trop lent démaquillage des femmes devant leur psyché, le soir, alors qu'on les attend dans la chambre, mais qu'est-ce qu'elles fabriquent ? Rien, l'inquiétude s'empare de leur âme, et le miroir leur offre peut-être là une furtive présomption de la beauté... Aujourd'hui, la lingette a conquis d'autres territoires : les tables de restaurants de poissons pour dépoisser des doigts empoissonnés, les étuis de lunettes pour rafraîchir les carreaux, les boîtes à cirage pour lustrer les vieux cuirs et les caisses de produits ménagers où des toilettes, parfumée de Javel, à la poussière des meubles, en passant par les éviers souillés ou les plaques chauffantes graisseuses, elle impose son asepsie humectée partout dans la maisonnée.

Le Français est le premier consommateur européen de lingettes. Pourquoi ce succès ? L'efficacité paraît limitée, le coût vertigineux, le maniement moite... mais la lingette évoque ces «parfums frais comme des chairs d'enfants» chers (justement) à Baudelaire.

Postulat de base : l'antépathe a envie de retourner à l'enfance.

Première méthode, on l'a vu, le syndrome *Les Choristes*, on redevient préado. Il y a mieux, ou pire. Avec la lingette, l'antépathe recule un peu plus : vers ses toutes premières années, celles où les cuisses relevées il offrait son fessier rougeaud au talc, au coton ou à la couche. D'où le nom donné au syndrome, syndrome *lingette,* que l'on peut résumer autour de six concepts clés : doudou, toutou, nounou, bisou, joujou, nounours. Assez babillé. Enfilons nos Babygros et nos brassières, les petits bouts, et allons faire un tour, entre baby-boomers, en babyland. C'est trop chou.

Doudou

Mon doudou pourrait être le masculin de Manaudou, ce bébé nageur que chérit la France, parce qu'elle marie doudou et nounou. Qu'est-ce que c'est le doudou dis donc ? Une vieille peluche, une poupée désarticulée, une girafe qui fait pouet[1], bref cet objet doucereux, inintelligible à l'adulte mais qui apaise le bébé. Les pédopsychiatres ont beaucoup élaboré sur

---

1. En 2004, Jean-Marie Bigard a fait faire *Pouet-Pouet, Coin-Coin* à 50 000 personnes réunies au Stade de France, la plupart majeures et honorablement connues. Bigard, prêtre profane d'une manifestation collective d'antépathie.

le dossier «doudou». N'allons pas piétiner leurs bacs à sable. Le doudou est devenu à ce point essentiel qu'il existe un service de tatouage des doudous (doudoutatoo.com) pour les retrouver en cas de fugue ou de vol ! Et un autre (sosdoudou.com) qui assure la reproduction à l'identique en cas de disparition de l'être cher et permet aussi de constituer un fichier national des doudous perdus. On y lit ceci :

Trouvé doudou filou 60 cm environ a paris sur un bateau / Bonjour, trouvé en gare de charleroi ce 14.08.2006 un doudou, voie 7. c'est une cigogne en velours éponge, beige (pattes et bec) et blanc (tête et corps). nous l'avons déposé au guichet des objets trouvé... (sic)

Donc un conseil : tatoue ton doudou, c'est tout.

Rassurez-vous, vous aussi, qui êtes grand, vous avez aussi droit à votre doudou. Toujours fidèle, la nuit, le jour, à la maison, au travail, en vacances, dans la rue ou le bus, même en vélo, à portée de main, c'est d'ailleurs son nom : «portable». Chacun choisit la couleur, la forme, la jolie photo de la page d'accueil, la jolie musique de la sonnerie semblable à ces mièvreries que l'enfant aime à entendre pour le rituel du coucher. *Une chanson douce que me chantait ma maman, en suçant mon pouce, j'écoutais en m'endormant.* Et ce doudou-là fait aussi office de boîte à secrets, adresse des amis, dates des anniversaires à ne pas oublier, petits messages intimes en langage de maternelle : téou, kestufé, onskass, JTM...

Toutou

La girafe n'a pas de prix. Elle a un coût.
(Buffon [1])

Neuf Français sur dix parlent à leur chien [2]. On ne possède pas de statistiques sur la réciproque. Ce qui veut dire que neuf chiens sur dix doivent subir la voix de leur maître. Comme l'homme met sept fois plus de temps que le chien à quitter ce bas monde [3], il ressort qu'une vie de chien avec maître est sept fois plus pénible que la réciproque. Mais ne nous égarons pas. Où est passée Mirza ? Ah ! La voilà... Avec Jean Baudrillard qui nous dit, de but en blanc : « Chiens, chats, oiseaux, tortue ou castor, leur présence pathétique est l'indice d'un échec de la relation humaine et du recours à un univers domestique narcissique, où la subjectivité s'accomplit en toute quiétude (...) ces animaux ne sont pas sexués (parfois châtrés pour l'usage domestique) [4]. » Traduction : le toutou représente la version animée du doudou. Or, la France est le pays du monde où l'on possède le plus grand nombre d'animaux de compagnie. Le toutou (en anglais, le *pet*), qui peut être chat, lapin, hamster, souris, tortue, vison, serin, poisson rouge, qu'importe, figure donc

---

1. Pas le gardien de but de l'équipe d'Italie, mais le naturaliste français (1707-1788) dont on vient de fêter le tricentenaire.
2. Sondage BVA pour *30 Millions d'amis*. Il y aurait en France non plus 30 mais 59 millions d'amis ! (nos animaux de compagnie).
3. On sait qu'il faut multiplier par 7 l'âge d'un chien pour avoir l'équivalent en âge d'homme.
4. *Le Système des objets*, Gallimard, 1978.

ce résidu de la petite enfance asexuée (?) où l'on couche sans gêne avec des bêtes à poil. Avez-vous noté comme les mots doux de nos discours amoureux sont tous animaliers : ma pupuce, mon chaton, mon canard, ma caille, mon biquet, mon lapin, mon grand loup, ma belette, mon tamanoir (pourquoi pas, vous avez vu la langue d'un tamanoir ? un rêve…), alors que la langue anglaise préfère des références alimentaires *(sweety, honey, banana split, loly)* ou puéricultrices *(baby)*. Et pour filer jusqu'au bout la métaphore freudienne, et même lacanienne, le toutou ne désignerait-il pas à sa façon le sexe masculin : « Toutou, toutou, vous saurez tout sur le zizi… » promettait Pierre Perret dans une chanson anatomique.

Parfois, à défaut de toutou domestique, l'on peut s'autoriser une bête sauvage. Avec réserve, bien sûr. En réserve, même. Au fond, la France n'est jamais qu'un grand jardin où fleurissent Jardiland et Truffaut. Labourage et culturage sont deux mamelles qui nourrissent 13 millions de jardiniers anonymes. On s'y promène émerveillé de Nature et Découvertes et on y dort en Vieux Campeur. Un parc naturel peuplé d'animaux très gentils et naturels, les lynx des Vosges, les aigles en Lozère et les mouflons corses du parc régional du Haut Languedoc. « Mes jeunes années courent dans la montagne », chantait Trenet. Rien n'a changé sauf les sentiers balisés avec des flèches colorées, réplique rustique des feux de signalisation, les GR pour randonneurs, les pistes pour VTTistes, les rivières à rafting et les torrents à canyoning, les aires de pique-nique assis et les panneaux informatifs plantés dans les clairières entre le laricio et le pin douglas où l'on apprend des choses oubliées : que le merle est un oiseau, le blaireau mordeur, la laie l'épouse du sanglier, que le gland vient du chêne et que les feuilles tombent des arbres, sauf quand ils sont résineux. Le Français contemporain a réalisé le rêve du renard dans *Le Petit Prince* en apprivoisant la nature. Chaussé de grolles himalayennes, armé d'un piolet de bon aloi, bivouaquant dans un gîte rustique (deux épis) mais sous protection pertinente (boussole, balise Argos, trousse de survie, huiles anti-UV, batteries de portable, kit de vitamines, crèmes hydratantes, anti-diarrhéiques, glacière, purificateur d'eau, Laguiole, guides touristiques, K-way, *camel bag* sur le dos, ceinturon avec porte-gourde isotherme, couverture de survie, cartes d'état-major, Aspivenin et vaccin antitétanique à jour), on retrouve l'union primitive avec la nature. Nous redevenons enfin les enfants sauvages[1] que nous avons toujours rêvé d'être.

Nounou

> *– Si je vous dis 95C, vous pensez à quoi ?*
> *– 95, c'est le Val-d'Oise mais C, je ne vois pas.*
>
> Marc Blondel (secrétaire général de Force ouvrière) répondant à une exquise question de Valérie Expert dans *Parole d'expert,* France 3, 1999.

Pourquoi les Wonderbras ? Intéressons-nous d'abord aux fortes poitrines, et même aux moindres. Louis

---

1. Encore Truffaut !

Bouilhet, l'ami de Flaubert, ne disait-il pas qu'on est plus près du cœur quand la poitrine est plate ? Comment ? Ce n'est pas le sujet. Mais si ! Et nous touchons du doigt le cœur du sujet. En voici la subtile démonstration, aussi délicate que le dégrafage d'un soutien-gorge dans l'obscurité. À « nounou », mot coincé dans *Le Petit Robert*[1], entre le kantien « noumène[2] » et le non cantien « nounours[3] », il est écrit : NOUNOU n. f. (1867)[4]. Nourrice, dans le langage enfantin. (NOURRICE n. f. Femme qui allaite au sein un enfant en bas âge[5]. *La véritable nourrice est la mère (Jean-Jacques R.).*) Donc la nounou est une servante au grand cœur. Elle offre son sein superbe et généreux aux lèvres goulues du bébé, que le tétin asséché de sa mère ne sait pas nourrir. Mais toi, malheureux lecteur, toi, l'enfant grandi qui penches ta noble tête au-dessus de ce livre, tu appartiens à cette génération qui avait déjà compris, *in utero,* qu'elle serait sevrée du lait maternel. Au sortir de la césarienne, au bout des forceps, après le siège, il te fallait apprendre à renoncer. Nul lait de femme n'irriguerait

---

1. 85A.
2. Noumène : selon Kant, chose en soi, au-delà de toute expérience possible (opposé de phénomène).
3. N'entrons pas dans la querelle des kantiens et des Modernes. Ce n'est pas Dominique Cantien, bien sûr, mais Claude Laydu qui a inventé et produit la série des *Bonne nuit les petits*. *http://www.bonnenuitlespetits.net/*
4. Ne pas oublier en 2017 la célébration des cent cinquante ans de la naissance de la nounou.
5. On voit déjà que Mimie Mathy a dit la vérité, elle est bien « une nounou pas comme les autres » puisqu'elle n'allaitait pas dans cette série à succès.

jamais tes intestins frêles. Un consortium mondial, *Bledina, Nestlé, Gallia, Materna, Dodie, Guigoz,* s'était réuni, comme les fées marraines de la Belle au bois dormant, autour de ton berceau et avait susurré, tout bas, tout bas, dans ta petite oreille de nourrisson fragile : « Maintenant, bout d'chou, c'est nous, tes nounous. » D'où la nostalgie si prégnante (voire *pregnant* en anglais dans le texte) des tétées aux tétons. Ah, qu'il eût été beau le débit du lait des lolos des nounous. Étonnez-vous, après ça, que les mecs aiment les gros seins. Que Steevy suçote une tétine ! C'est pour tenter de retrouver le goût, le parfum, l'onctuosité, le glougloutement et la vision de ces mamelles abolies. Cinq sens en éveil en quête des attributs femelles de la lactation... Ce n'est pas le cochon qui sommeille, c'est l'enfant qui s'éveille en nous quand les filles se gonflent le corsage à coups de Wonderbras, quand elles s'exhibent en string rouge incrusté dans les chairs. Et elles, pourquoi, d'un mouvement des reins, veulent-elles rallumer le sang des hommes, comme des hétaïres, comme des hôtesses de lupanar ? Peut-être pour rendre hommage à cette *lupa* du lupanar, la louve de Rome, dont les flancs velus couvaient les demi-dieux Rémus et Romulus ? Sans doute aussi parce que entre la taille très basse du pantalon et le pan très court de la chemise, c'est la maternité qu'elles célèbrent. Nombril et bas-ventre. Le regard jeté d'une passante nous fait, disait Baudelaire, « soudainement renaître ». Renaître ! L'antépathe, fruit des entrailles de la femme, retrouve alors le goût du sein maternel.

Et que les derniers sceptiques s'interrogent : pourquoi les filles exhibent-elles un « piercing » au sein ou au nombril ? Parce que l'aiguille qui les perce n'est rien d'autre qu'une épingle à nourrice...

Une histoire d'eau pour finir et pour convaincre les incrédules, malgré la démonstration éclatante qu'ils viennent de lire.

Que nous montrait la publicité Vittel, il y a vingt ans ? Un jeune homme en cure, gym le matin, abdos, sport et vélo, buvant beaucoup d'eau (à la bouteille), transpirant tout autant, le tout sur un air décoiffant du vivifiant Gotainer : « Buvez, éliminez. » Sur le dernier plan du spot, on voyait le garçon trottinant, revigoré ou revitellisé, introduire dans la chambre une soubrette accorte et callipyge avec un geste de la main d'autant moins équivoque qu'une voix off et féminine précisait : « Avec Vittel, retrouvez la vitalité qui est en vous. » Le produit aujourd'hui n'a pas changé, c'est toujours de l'eau, mais il est présenté sous la forme d'une bouteille avec bouchon tétine. Le message off et implicite semble, cette fois, beaucoup moins sexuel : « Avec Vittel, retrouvez le nouveau-né qui est en vous. »

Bisou

Bastia no, Calvi si.
(Proverbe corse)

Dans la lutte du yin et du yang, du bisou et du baiser, le baiser s'est fait baiser. La France a choisi

Carlos, le fils de Dolto, contre Cyrano, le fils de Rostand. *Big Bisou* contre le baiser. Rappelez-vous.

> *Et d'abord / Plus hardi / Le bibi / Dans le cou*
> *Attention dans le cou embrassez-vous… Stop !*
> *Big bisou big bisou /*
> *Enchaînez / Sur le nez / Pas dessous.*

Certes le concept n'est pas différent sur le fond de la tirade de Cyrano.

> *Un baiser, mais à tout prendre, qu'est-ce ?*
> *Un serment fait d'un peu plus près, une promesse*
> *Plus précise, un aveu qui veut se confirmer,*
> *Un point rose qu'on met sur l'i du verbe aimer ;*
> *C'est un secret qui prend la bouche pour oreille*
> *Un instant d'infini qui fait un bruit d'abeille,*
> *Une communion ayant un goût de fleur,*
> *Une façon d'un peu se respirer le cœur,*
> *Et d'un peu se goûter, au bord des lèvres, l'âme !*

C'est le choix des Français et respectons-le. Que se serait-il passé si Truffaut avait tourné *Bisous volés* ? Mauriac aurait-il écrit *Le Bisou au lépreux* ? Rodin aurait-il osé sculpter *Le Bisou* ? Doisneau aurait-il immortalisé *Le Bisou de l'Hôtel de Ville* ? Et Jésus aurait-il été trahi par le *bisou* de Judas ?

L'art du baiser se voit réduit au bisou (big comme le Mac ou double[1] comme le Cheese). Le bisou ! Ce smack baveux qui est au baiser ce que les nuggets poulets sont à la gallinette solognote. Donc on ne baise plus

---

1. Bisou bisou.

depuis Louise Labbé, on ne pratique plus le baisemain depuis la mort de Jacques Chazot, on ne s'embrasse plus depuis des années, on se fait des bisous. Partout. Tout le temps. Au téléphone. À sa maman. En mail. À ses copines. En texto. La faute à qui ? À ce syndrome du bébé, illustré par le théorème de Barthez[1].

Le théorème de Barthez

Pourquoi cette mode du crâne rasé à la Fabien Barthez ? Dans la lutte inégale de l'homme de trente ans contre la calvitie, dans son effort désespéré pour échapper à la désertification du front qui progresse en agrandissant des golfes clairs aux côtés des tempes et pour stopper le trou de la touffe de cheveux au-dessus du pôle crânien, il n'existait que deux soins palliatifs : la moumoute ou l'implant. Louis XIV, Sean Connery, Bernard Darniche, Charles Aznavour, Dick Rivers, PPD, Guy Lux et même Stéphane B. ont expérimenté l'une ou l'autre technique. Le spectacle matinal des cheveux tombés dans le lavabo après un coup de peigne est un aveu qui rappelle à l'homme son destin mortel comme autant de sommations de l'automne de sa vie. « Le temps s'en va, (...) le temps, non, mais nous nous en allons[2] », disait Ronsard, qui à force de répéter qu'il allait vieillir et mourir a réussi les deux.

---

1. Barthez avec un Z comme Zarathoustra, mythique gardien de but, à ne pas confondre avec Barthes, mythologique.
2. Ça vous rappelle quelque chose ? Avec le temps, va, tout s'en va... de Léo Ferré, plagiaire sensible de Ronsard.

Alors, en se replantant quelques poils sur le sommet du chef, l'homme croit remonter le temps. Illusion coûteuse et démonstration d'un regain de jeunesse un peu tirées par les cheveux. Et puis vint Barthez, le divin chauve, qui le premier comprit qu'il était vain de vouloir reconquérir l'absalonienne chevelure de sa jeunesse alors que rien n'était plus simple que de retrouver la coiffure de son tout premier âge. Faire le chauve, ce n'est pas seulement faire le vieux, c'est aussi faire l'enfant, mieux le poupon... Encore plus fort que de retomber en enfance, retombons en nourrice ! Le théorème de Barthez fut consacré par son partenaire footballeur Laurent Blanc qui avait pour habitude de déposer un chaste baiser sur le front de son gardien de but avant chaque match. Un bisou sur le front du gardien avant le match et un Zizou sur le front de l'attaque pendant... Cela ne vous évoque rien ? Mais si ! Le rituel de la maternité où le nouveau papa, en chaussons et blouse housse bleu virginal, ahuri et maladroit, voit la sage-femme radieuse lui tendre une petite chose fripée et criarde, munie d'une grosse tête rougeaude. Le père, interloqué, ne sachant quoi faire de ce chargement qu'il tient comme le Saint-Sacrement, se penche alors vers le bébé, le sien en principe, et reconnaît par un adoubement posé du bout des lèvres sous la fontanelle le fruit de ses entrailles. L'exemple de Barthez convainquit d'abord les sportifs, ses collègues de la pouponnière bleue, Zidane, Franck Lebœuf, Wiltord, Henry, Trezeguet, Thuram, Gallas, Makelele, puis les rugbymen de la maison d'en face, Bernard Laporte et Fred Michalak, le basketteur

Tony Parker, le présentateur vedette Harry Roselmack, les artistes Patrick Bosso, Pascal Obispo, Guy Montanié, Nicolas Canteloup, Lambert Wilson et Michel Blanc, la classe politique, Santini, André (pas Jacques), et Lamy, Pascal (pas André), et pour finir votre beau-frère. Et d'ailleurs, est-ce vraiment une coïncidence si les remplaçants au football se font appeler « les coiffeurs » ?

Joujou

Où met-on les petits ? Dans un parc. Pour qu'ils ne s'échappent pas et pour qu'ils fassent joujou. Et où met-on les grands ? Dans des parcs. Pour pas qu'ils s'en aillent et qu'eux aussi fassent joujou. Du Parc Astérix à Aventureland, de la Mer de sable à Eurodisney, de Vulcania à Walibi, d'Accrobranche à Aquaboulevard, la France s'est dotée de réserves clôturées pour garder grands et petits. Pas un square urbain naguère voué aux arbustes chétifs et aux crottes de chien n'a échappé à cette politique ludique. Toujours pas de verdure mais des assortiments complets de jeux rouges, jaunes ou bleus pour les petits. Ne mentez pas, vous aussi, si vous êtes parents, oncles ou tantes, vous avez essayé ces poulies qui glissent d'un arbre à l'autre, vous avez grimpé en haut de ces tours Eiffel en cordages, bravant l'interdiction « Réservé aux moins de dix ans ». Mais comment résister à l'appel de la forêt magique ? Les halls d'aéroport et les wagons bars de TGV sont voués à des destinations nouvelles : espaces jeux pour tout-petits. Et les ludothèques mettent en joue et en joie la France qui veut faire joujou. On peut aussi faire joujou dans les arbres, dans les torrents et surtout au bureau grâce à l'ADSL. Les militaires américains, qui ont conçu le Web comme un instrument de défense, ignoraient qu'ils inventaient surtout une boîte magique dispensatrice de jeux pour cadres et employés, infantiles et surmenés. On se consolera avec Baudelaire : « Le joujou est la première initiation de l'enfant à l'art. » Ken et Barbie, comme ébauche de Praxitèle et Rodin !

Nounours

« On veut cinq ours, on veut cinq ours », scandaient, à Toulouse, au printemps 2006 les défenseurs de la réintroduction des ours dans les Pyrénées. Pourquoi cinq[1] ? On ne sait pas. Boucle d'or n'en avait que trois : papa ours, maman ours et bébé ours, et cela lui convenait très bien. Et d'abord qui sont-ils ces cinq ours ? Il y a Balou dans *Le Livre de la jungle,* ça fait un, Winnie l'ourson, ça fait deux, Petit

---

1. À l'été 2006, trois ourses femelles avaient d'abord été lâchées, Hvala, Franska, Palouma, ainsi qu'un mâle, Balou, d'abord perdu puis retrouvé. Balou fut veuf peu après : Palouma disparut accidentellement (d'après l'autopsie) le 25 août 2006. Mais pourquoi un seul mâle pour trois femelles ? Alexandre Vialatte ne dit-il pas que « L'ours est fidèle, monogame et bisannuel dans ses devoirs conjugaux » ?...

Ours brun, trois, Gros Nounours de *Bonne nuit les petits*, quatre. Quel serait le cinquième ? Il y a bien Pandi-Panda. Certes, conformément aux pronostics de Napoléon Bonaparte et d'Alain Peyrefitte, la Chine s'est éveillée[1] mais il n'a jamais été question qu'un panda chinois parte à la conquête du marché pyrénéen. Peut-être ces ursolâtres ont-ils été aveuglés par le nuage du marchand de sable ? Mais oui, le marchand de sable, le compagnon de Gros Nounours ! Ce nuage traversant les cieux gris d'une hideuse banlieue des années 60, sur un air de fifre lugubre, ce nuage chargé d'un pantin crépusculaire et d'un ours débonnaire, semant son gros grain de sable dans les paupières des malheureux Pimprenelle et Nicolas, continue à répandre sur nous des toxiques ursidés.

Puisque nous avons perdu l'URSS, sauvons l'ours. Jean-Jacques Annaud le premier avait flairé l'ours qui sommeillait en nous. L'ours est là partout : nounours en chocolat, en peluche, ourson porte-clés, sac à dos en forme d'ours accroché à l'épaule, ourson souris (d'ordinateur), cache-portable ours, ours grigri.

Elle le sait bien, cette France antépathe, de Nicolas et Pimprenelle, de Nicolas (Hulot) et Nelly (Ollin)

---

1. Alain Peyrefitte, dans *Quand la Chine s'éveillera,* attribue à Napoléon cette phrase : « Quand la Chine s'éveillera, le monde tremblera. » Il semble que la citation apocryphe soit incomplète. C'est en fait un scénariste d'Hollywood probablement bonapartiste qui fait dire à Charlton Heston, s'adressant à Ava Gardner dans le film *Les 55 Jours de Pékin,* cette fausse citation : « Comme disait Napoléon, quand la Chine... »

que la menace qui rôde, c'est la fin des ours, ceux des Pyrénées comme ceux de la banquise. Fabrice Luchini qui connaît son La Fontaine et ses ours par cœur nous l'a bien dit dans sa publicité écologique : quand on fait tourner le moteur de sa voiture, c'est un ours blanc qu'on assassine. Vous qui fûtes sans doute l'un des millions de spectateurs de *La Marche de l'empereur*, comment pouvez-vous rester de glace ?

La synthèse de tout ça, de ce temps des couches de bébés et de bobos, de couches d'ozone et de « bobos », de toutou, de doudou, de nounours, de bisou s'appelle un Bisounours[1]. Il est même en photo dans le journal *Le Monde*. Pour lancer son Baromètre des valeurs des Français, sous-titré *À quoi rêvent les Français 2006*, TNS Sofres présentait un jeune quadra extatique qui pressait contre son cœur un nounours retrouvé. Si ça se trouve, c'est le nounours perdu, dans la pub, à la station Total par un petit garçon et que le pompiste très gentil restitue vingt après à l'enfant grandi qui a gardé, lui aussi, comme le garagiste, un cœur pur. C'est fou. « Vous ne viendrez plus chez nous par hasard. » En effet.
– C'est pour le plein ?

---

1. Rassurons les amis des ours, le cinquième ours slovène a été lâché dans la nuit de lundi 21 à mardi 22 août 2006 sur la commune d'Arbas (Haute-Garonne). Trois jours avant la mort de Palouma. L'animal nommé Sarousse est une femelle âgée de sept ans, pesant 112 kilos, il est parrainé par Valérie Lemercier et Alain Chamfort ! ! ! !

— Non, c'est pour mon ours.

Fabrice, rassure-toi ! Il n'y a plus d'ours blanc sur les banquises mais on les a retrouvés... ils se sont réfugiés sur les plates-formes off-shore des compagnies pétrolières.

Bonsoir les zouzous !

7. Le syndrome *Jeanne Calment* ou le retour aux aïeux

> *L'homme n'est que poussière, d'où l'importance du plumeau.*
>
> (Alexandre Vialatte)

Jeanne Calment, c'est la France. L'abbé Pierre aussi. Jeanne, au prénom de la patronne incandescente de la France, Calment au patronyme de sédatif ! L'abbé, A. B. début d'abécédaire au commencement de tout, et Pierre, solidité sur quoi tout peut se bâtir. Les princes de la pub n'eussent pas mieux trouvé. C'est sous ce double parrainage du vieil homme et de la mère éternelle que la France antépathe du XXIe siècle a décidé de vivre...

Nous sommes en 1972. Jeanne Calment, l'Arlésienne, n'a alors que quatre-vingt-dix-sept ans. Cette vieille dame comme les autres ne songe pas encore qu'elle est vouée à un fabuleux destin. Un soir, passant devant la cathédrale Saint-Trophime, elle entend une voix douce chanter à ses oreilles : « Jeanne, ma Jeanne va-t'en en partance, pour la France, ce soir au cinéma Saint-Michel. » La chair est triste, hélas ! et j'ai vu tous les films, songe Jeanne. Pourtant, Jeanne, mue par cet appel céleste, alla donc à la séance de dix-huit heures, entrée 6 francs pour les cartes vermeil. On y projetait le film *Le Viager*[1] de Pierre Tchernia. Le doux, le subtil, le gentil, le sagace, l'exquis, l'érudit Monsieur Cinéma, avec son visage de cacique et son sourire ineffable, avait inventé l'histoire improbable d'un vieillard (Martinet joué par Michel Serrault) ayant vendu, presque à l'article de la mort, sa maison provençale en viager. Bien sûr, lui ne se décidait pas à mourir, tandis que ses acquéreurs (les Galipeau) et leurs enfants disparaissaient tour à tour. Jeanne, en sortant de la salle Saint-Michel, comprit qu'elle était l'élue. Elle aussi avait vendu un logement en viager à un notaire du cru, quelques années plus tôt. Elle aussi renonça à mourir et s'obstina à accumuler les années. Cela dura plus de vingt-cinq ans. Chaque matin qui se lève est une leçon de courage, avait écrit Jean-Edern Hallier[2]. Jour après jour, seconde après seconde, elle s'astreignit à améliorer son propre record du monde du grand âge, soulevant l'admiration des foules et l'envie des moins jeunes, repoussant sans cesse les limites de la vie humaine, pour l'amour simple de Pierre Tchernia…

Le courrier qu'adressait Jeanne à son arrière-petite-nièce est à cet égard bouleversant. Cent vingt ans ! Je

---

1. Avec un casting inégalable : Michel Serrault, Jean Carmet, Jean-Pierre Darras, Noël Roquevert, Odette Laure, Rosy Varte, Michel Galabru, Claude Brasseur, Yves Robert et même Depardieu débutant.
2. Le dernier Hallier tombé sur une plage de Normandie le 12 janvier 1997.

ne laisserai personne dire que c'est le plus bel âge de la vie.

Arles, 21 février 1975

Pour mes 100 ans, j'ai reçu une boîte de pâtes de fruits de la mairie. Et j'ai eu ma photo dans le journal. J'espère faire mieux l'année prochaine. Porte-toi bien.

Jeanne

(…)

Arles, 21 février 1978

J'ai encore reçu une boîte de pâtes de fruits de la mairie, j'aurais préféré des pralines, et un bouquet de mimosa du Conseil général parce que j'ai battu le record de longévité du département. Il y a eu une fête à la salle polyvalente. Ma voisine madame Barbaroux me dit que je devrais aller voir son docteur, le docteur Hérété. Il lui a fait l'hierême et elle va mieux. Moi je n'ai pas besoin d'hierême pour faire aussi bien l'année prochaine. Porte-toi bien.

Jeanne

PS : Vote Barre aux élections.

(…)

Arles, 21 février 1980

Pour mes 105 ans, je n'ai eu ni berlingots, ni calissons, ni même des chocolats, seulement comme chaque année une boîte de pâtes de fruits de la mairie, mais j'ai arrêté de les ouvrir, et des fleurs du Conseil général ainsi qu'un abonnement offert par *Le Pèlerin* magazine parce que j'ai encore battu d'un an mon record de longévité. Tout le monde a fait la fête à la salle polyvalente. Sauf moi. Le docteur Hérété est venu me voir, c'est madame Barbaroux la voisine qui l'a appelé que je toussais fort, elle a dit. Il m'a marqué des comprimés de Pentalax, du Volustan en gélules et des suppositoires de Goublastine. Je te prie de croire que j'ai jeté l'ordonnance à la poubelle. Je n'ai pas besoin de ses médicaments pour faire mieux l'année prochaine. Porte-toi bien.

Jeanne

(...)

Arles, 22 février 1982

J'ai reçu une lettre du président de la République, ce n'est plus Giscard, une autre du ministre des Personnes âgées, un mot du député, et des pâtes de fruits de la mairie, des fleurs du Conseil général, un abonnement à *La Vie catholique illustrée* et au *Pèlerin*, parce que, comme d'habitude, j'ai battu d'un an mon record du monde de longévité. On n'a pas fait de fête à la salle polyvalente parce qu'il y pleuvait dedans. Madame Barbaroux est partie à Lourdes avec les aînés ruraux. J'ai refusé de l'accompagner. Je veux bien voir la Sainte Vierge mais je n'ai pas envie de me retrouver toute seule avec des vieux. On verra l'année prochaine si j'y arrive. Porte-toi bien.

Jeanne

(...)

Arles, 21 février 1986

J'ai donc 111 ans. J'ai reçu une boîte de tu sais quoi de la mairie, une lettre du président, et aussi du président du Conseil, un certain Fabius, qui me dit que « nous les seniors, nous étions l'avenir du pays », de Jacques Chirac, qui dit que « nous les anciens étions le lien intergénérationnel sans quoi une nation n'a plus de lendemain » et du président de la Chambre qui a dit que « j'étais le maillon manquant entre le passé et le futur ». Avec tout ça, qui suis-je : ancien, senior ou maillon ? Je suis moi-même paraît-il la vice-doyenne de l'humanité. Je suis bien contente comme ça. Je ne souhaite du mal à personne. Il y a eu un loto en mon honneur, à la salle polyvalente. C'est le docteur Hérété qui a gagné la bourriche et le cochon vivant. À l'année prochaine, si Dieu le veut. Porte-toi bien.

Jeanne

(....)

Arles, 21 février 1988

Pour mes 113 ans, j'ai reçu du courrier de partout, une longue lettre de François Mitterrand où il dit qu'il faut laisser du temps au temps, une de Chirac qui veut que je vote pour lui (moi je vote Barre). On m'a envoyé des fleurs de partout comme si c'était des obsèques. J'ai mes boîtes de pâtes de fruits de la mairie et les calissons du député. Ces pâtes de fruits, je les garde depuis des années dans ma table de nuit et je ne sais plus où les mettre. Moi je ne les mange pas, ça colle au palais, mais je ne peux pas les donner parce que c'est un cadeau et encore moins les jeter surtout que c'est donné de bon cœur. J'en ai bien proposé à madame Barbaroux, la voisine mais depuis la mort du docteur Hérété d'une intoxication alimentaire il y a juste deux ans, elle a perdu l'appétit. « Comme elle dit, il avait trop de santé, cet homme. » Porte-toi bien.

Jeanne

(…)

Arles, 21 février 1990

Pas besoin de te dire que pour mes 115 ans j'ai eu des pâtes de fruits. Deux fois même puisque madame Barbaroux la voisine m'en a offert aussi « que vous allez vous régaler, je vois que vous aimez ça, vous en avez plein la chambre ». Elle a un nouveau docteur, qui est encore mieux que monsieur Hérété, soi-disant que lui il fait des ordonnances de deux pages. La mairie m'a emmenée pour mon anniversaire faire l'instruction civique aux petits des écoles à la salle polyvalente. Pour qu'ils sachent comment c'était avant. Je leur ai dit que c'était pareil que maintenant, qu'il fallait aller à l'école, travailler et qu'après on devenait vieux. La mairie n'avait pas l'air trop contente. À l'année prochaine peut-être. Porte-toi bien.

Jeanne.

(….)

Arles, 21 février 1994

Je ne t'ai pas écrit l'année dernière, ni l'année d'avant. 117 ans, 118 ans ou 119 ans, c'est toujours pareil. Comme Les Chiffres et les Lettres ou les mots croisés du Pèlerin. Comment des journées si longues font-elles des années si courtes ?

J'ai des fourmis pas dans les jambes, mais dans la chambre, à cause des pâtes de coings du maire. J'ai perdu tous les miens. Mes amies logent au cimetière, madame Barbaroux avec tous ses docteurs aussi depuis la Noël et même les enfants de mes amies y sont. La mairie a décidé de donner mon nom à la salle polyvalente. Tout le monde me dit : il faut tenir jusqu'à la barre des 120. J'ai fait la barre des 100, des 110, des 115 et je ne sais pas pourquoi. Porte-toi bien.

Jeanne

Arles, 21 février 1995

Mon Dieu, c'est enfin fini. Ils m'ont fait de tout des télévisions, des calissons, des journaux, des ministres. Mitterrand m'a écrit lui encore et même Chirac. Il m'a mis « Partout en France comme en Arles, on est fier de vous ». Mais il ne sait pas cet homme qu'Arles, c'est une ville, pas un pays. On ne dit pas en Arles mais à Arles, comme on dit à Amiens ou à Agen. À propos, j'ai même reçu des pruneaux. Les pâtes de fruits, je n'ai pas besoin de te le dire. On m'a demandé si j'aimais Mozart et les Beatles, le reggae, le vin rouge, les calissons, Rudolph Valentino, Poivre d'Arvor, la mode, si j'aurais aimé aller dans la lune, si j'avais dansé avec Van Gogh et si j'avais un message pour les générations futures et surtout ce que ça me faisait d'être la doyenne de l'humanité. Comme quoi, les journalistes, ils ont des idées fixes. J'ai dit ni plus ni moins que l'année dernière. Porte-toi bien.

Jeanne

PS : On me dit que monsieur Barre ne se présente plus. Pour qui voter ?

Arles, 21 février 1996

Mitterrand ne m'a pas écrit cette année. C'est qu'il est mort. Moi, non, je t'écris. Je vous embrasse à tous.

Jeanne

PS : Ils ont décidé d'appeler la salle polyvalente, salle François Mitterrand.

Arles, 21 février 1997

Pour la première fois, la mairie ne m'a pas envoyé de pâtes de fruits. Tu crois que ça veut dire quelque chose ? Porte-toi bien.

Jeanne

PS : On a encore fait des photos de moi. Pour la mémoire, ils ont dit. Mais j'ai oublié laquelle.

Souvenez-vous : Jeanne Calment[1] est décédée le 4 août 1997, à Arles, sa ville natale, quelques jours avant Lady Di.

Le syndrome *Jeanne Calment* se manifeste donc par l'amour immodéré du vieux. En 1987, Christian Combaz commettait un ouvrage visionnaire, *Éloge de l'âge*[2]. La thèse gérontophile parut alors hallucinante : les vieux, c'était bien. Vingt ans après, la société a changé. Déjà, elle a vingt ans de plus. Vous-même qui me lisez aussi, ne le niez pas, je devine que vous êtes bien plus vieux qu'en 1987. Aujourd'hui, ayons le courage de dire non au jeunisme et de vénérer nos vieux. Depuis Guichard (Daniel), on a cessé de dire nos vieux pour parler de nos seniors, de nos anciens ou du grand âge. Et la société antépathe contemporaine ne s'étonne plus du remariage de Gina Lollobrigida, soixante-dix-neuf ans, ou Joan Collins, soixante-treize ans, avec des minets de trente ans. Il est tout aussi naturel de voir Sofia Loren poser à soixante et onze ans pour des photos de charme ou Jane Fonda et Diane Keaton, égéries des *sixties*, âgées de seventy, être recyclées par l'industrie cosmétique pour le fond de teint Age Re-Perfect, de l'Oréal, parce qu'«elles le valent bien». Message personnel à Paris Hilton : fais gaffe, les vieilles reviennent. C'est comme pour l'équipe de France de

---

1. On lira dans *Jeanne Calment, La Passion de vivre* de Gabriel Simonoff, Éd. du Rocher, 1995, la préface inspirée des frères Bogdanov, pas loin de cent vingt-deux ans à eux deux.
2. *Éloge de l'âge dans un monde jeune et bronzé*, Robert Laffont, 1987.

foot en 2006, au début, on s'étonne, à l'arrivée, on se félicite d'avoir récupéré ses meilleurs vieux.

Le vieux, c'est mieux. L'adjectif vieux est devenu synonyme de charmant ou de goûteux (au sens de qui a du goût pas de qui a la goutte, ça c'est « goutteux »). On adore la vieille ville, le vieux port, le vieux moulin, les vieux marchés, les vieilles charrues, les vieux coucous, le vieux rhum, les vieilles rues, les vieux métiers, les vieilles tiges, les vieilles légendes, les vieux millésimes, les vieux pots, les vieilles églises, les vieux conteurs, les vieux fournils, le Vieux Pané, le Vieux Campeur, les vieilles horloges, les vieilles faïences, les vieux carreaux, les vieilles cartes, les vieilles 2CV et bien sûr les vieux copains, les vieux amis, les vieilles maîtresses... et par-dessus tout les vieux, tout court.

Bien sûr, on aime les vieux pour beaucoup de (mauvaises) raisons. Comme les viticulteurs aiment les rosiers qu'ils plantent dans les vignes. Les roses, délicates et fragiles, flétrissent les premières quand elles sont victimes des maladies et des parasites. Ce mécanisme d'alerte précoce permet de traiter à temps les ceps et de sauver la vendange. Il en va ainsi des vieux. Tant qu'ils demeurent, ils ne sont pas morts. Et donc ils nous prémunissent contre notre propre disparition. Conserver ses vieux, c'est se garder en vie le plus longtemps possible. C'est aussi conserver vivante l'image de cet *avant*, si heureux, aujourd'hui disparu, mais dont la flamme persiste, même chancelante, telle celle du Soldat inconnu.

L'art de la conserve

La vieillesse n'est plus un naufrage. La vieillesse est un autre âge. Les vieux, comme le littoral, la nature et la musique, peuvent se conserver au-delà de la date de péremption. Si Romain Gary avait pu savoir qu'au-delà de cette limite votre ticket reste valable, il nous aurait écrit *Les Promesses du crépuscule*. Il suffit de suivre le mode d'emploi.

Mode d'emploi
pour le conservatoire des vieux

QUELS VIEUX PEUT-ON CONSERVER ?

Le conservatoire français des vieux accueille tous les types de vieux :
– **Les *vieux* jeunes (seniors).** Gros avantage, ils vont bien ou du moins ils ne se plaignent pas. En principe quand un homme de soixante ans se réveille sans douleurs un matin, c'est qu'il est mort. Nos seniors, eux, tiennent bon la rampe. Le monde politique français constitue une réserve : le plus simple est de compter les plus de cinquante ans dans le dernier gouvernement Villepin (il y en avait vingt-trois sur trente et un) ou dans la liste des candidats à la présidentielle 2007 (*tous* sauf un). La télévision aussi sert du senior, le plat préféré de la ménagère de plus de trente-cinq ans : Drucker, Foucault, PPDA, Pierre Mondy, Victor Lanoux, Pernaud, Pernoud, Roger Hanin, Philippe Labro, Thierry Roland, Bouvard, dont la brève éviction de RTL à l'âge poupin de soixante-treize ans provoqua un séisme dans le PAF, et même Michel Polac, exhumé par Laurent Ruquier, fin 2006. La chanson laisse proliférer les vieillards virtuellement décédés que le CD ressuscite : derrière les indestructibles Aznavour et Johnny, Dave, Christophe, Polnareff, Hervé Vilard, Patrick Juvet, Alain Chamfort, Michel Fugain, Hugues

Aufray, Gérard Manset, Nicoletta (qui l'eût cru), même Dani et Leny Escudero jouent des prolongations inattendues en tête de gondole. Sans compter le bataillon des sexas : Renaud, Souchon, Bashung, Jonasz, Sardou, Higelin, Lavilliers jamais décrochés. Même Sheila a fait son retour à la *Star Ac*, seul l'inoubliable Pascal Danel reste enseveli sous le blanc manteau des neiges du Kilimandjaro, malgré le réchauffement climatique. Et bonne nouvelle ! Si vous êtes vieux ou si vous êtes jeune mais moche, le temps joue pour vous. Le magazine *Elle* affirme d'ailleurs que les mâles plus que quinquas (c'est-à-dire ceux qui sont déjà à l'âge de la préretraite) séduisent davantage que les trentenaires. Exemples probants : Daniel Auteuil, Richard Gere, Gérard Lanvin, Antoine de Caunes, Jean Reno, Julien Clerc, George Clooney. Si *Elle* le dit. Ajoutons qu'« à vingt ans, il faut deux heures pour être belle ; à cinquante ans, deux minutes [1] ».

– **Les *vieux* vieux (aussi appelés *sages*).** On croyait qu'ils étaient morts, mais non, ils sont toujours là. Il y a d'abord les anciens combattants, les vrais, longtemps moqués par Cabu et *Charlie Hebdo,* mais aujourd'hui réhabilités, reconnus grâce au revival littéraire de la guerre de 14-18 au cinéma (*La Chambre des officiers, Un long dimanche de fiançailles, Capitaine Conan, Fort Sagane*). Tous des héros ignorés (jusqu'au film *Indigènes*), nos voisins, les nôtres, auteurs restés anonymes des pages les plus glorieuses de notre Histoire qu'il faut se dépê-

---

1. Selon Clarins (crème Haute exigence multi-Intensive).

cher de célébrer et de décorer avant qu'ils ne disparaissent. Puis les hommes politiques avec qui on a le sentiment d'avoir été parfois injustes : Raymond Barre, Michel Rocard, Jacques Delors, Pierre Mauroy, peut-être même Balladur... Les sportifs rescapés d'avant la télé avec, en produits phares, Alain Mimoun (pour les jeux Olympiques) et Just Fontaine (pour la Coupe du monde de foot), qu'on peut ne ressortir que tous les quatre ans. Au-dessus du sage, il y a les consciences. France sans conscience n'est que ruine de l'âme. Après avoir perdu la trace de Théodore Monod dans le sable, et laissé l'abbé Pierre gagner le paradis, notre vieux pays a conservé tant qu'il a pu Claude Lévi-Strauss, Théo Klein ou Albert Jacquard.

– **Les *vieux* morts.** « La gloire est le soleil des morts », disait Baudelaire. Aujourd'hui, c'est l'INA qui ensoleille les morts. Grâce aux images d'archives, aux rétrospectives, aux rediffusions, aux hommages, ils sont toujours des nôtres. Audiences assurées à la télévision, avec la présence d'un « grand » témoin (pourquoi grand ?) qui a connu le mort Gabin, Bourvil, de Funès, Montand, Blier, Fernandel. D'autres *vieux* morts sont bien commodes : ils sont même capables de dire aujourd'hui ce qu'ils auraient pensé de notre monde actuel. Parmi ces figures de commandeurs s'élèvent de Gaulle, bien sûr, mais aussi le commandant Cousteau, Pierre Mendès France, Rueff-Armand, Pinay, Mitterrand, Jean Lecanuet[1].

---

1. Qui a dit : *pourquoi Lecanuet ?*

– **Les autres *vieux*** (mais uniquement au-dessus de 33 degrés).

Il n'y a pas d'autres *vieux*, sauf quand il y a un risque de canicule. La France antépathe ne veut ni voir ni écouter les invalides, les grabataires, les grands vieillards dont on ne sait que faire. Pour cela, s'adresser aux spécialistes ou aux enfants desdits vieillards qui sont parfois, eux-mêmes, septuagénaires. Cela ne nous concerne pas[1]. Mais si la température ambiante monte, alors les oubliés des mouroirs et les vieux honteux montent en une. Les crépusculaires, quand vient la fin du jour, n'ont un soleil glorieux que s'il est caniculaire.

COMMENT CONSERVER SES VIEUX ?

– **Bien les hydrater**. Le *vieux* comme le géranium doit boire de l'eau.
– **Penser à les sortir.** De la Croatie à la côte d'Opale, le *vieux* voyage, en bande et en car, en *low cost* et en croisière, en toutes saisons, surtout les basses ; il peut assister sans rechigner à n'importe quel spectacle que lui concoctent des comités des fêtes inventifs et des associations dévouées : des danses kirghizes au festival de musique sérielle, en passant par les meetings électoraux, la vieillesse constitue un fond de salle obtempérant. L'université du troisième âge, sous toutes ses formes, représente

---

1. On lira quand même le livre d'Agnès Saraux, *Mes parents vieillissent. Comment les aider à bien vieillir,* Bonneton, 2004.

également un gisement d'occupation pour nos anciens, mais la sortie la plus bénéfique, quand elle est possible, reste la rencontre avec les plus jeunes qui ont tant à apprendre de leurs aînés.

– **Les célébrer.** Fêtes, commémorations, anniversaires, jubilés, célébrations, tout ce qui fédère la Nation française au XXIe siècle exige la présence d'anciens, c'est le label, vermeil, de qualité française et de légitimité républicaine.

– **Tout leur permettre.** Tous les *vieux* sont bienveillants et gentils. Seule l'imagination perverse d'Hervé Bazin et d'Étienne Chatilliez, l'auteur de *Tatie Danielle,* voire l'esprit, pas si mauvais, de Léautaud ont pu concevoir une espèce de vieux odieux ou nauséabond. La vieillesse rend, non point indulgent, mais invulnérable.

QUE FAIRE SI L'ON NE POSSÈDE PAS SOI-MÊME DE VIEUX À CONSERVER ?

– **Faire des trucs de *vieux*.** Les mots croisés et le sudoku ainsi que les séries télé du début d'après-midi constituent la base. Pour aller plus loin, conseillons la soirée tricot avec point mousse qui a remplacé en branchitude les soirées mousse ou encore la fabrication de bûchettes en papier pour la cheminée.

– **Prendre soi-même un *vieux* à la maison.** Pour Noël, pour les vacances ou pour s'occuper des enfants, afin de «restaurer le lien intergénérationnel distendu par la vie moderne». Attention, ce peut être

coûteux et salissant. Variante : s'installer chez un *vieux*. « Des étudiants en coloc chez des seniors isolés ? L'idée fait son chemin. » Telle est la stupéfiante découverte du magazine *Glamour* (n° 31).
– **Choisir des prénoms de *vieux* pour ses enfants.** Facile, gratuit, mais oblige à faire des enfants. En tête de gondole, chez les bébés bleus (garçons), des prénoms du passé : *Hugo* comme Victor, *Théo* comme Van Gogh, *Lucas* comme Cranach. Chez les bébés roses (fillettes), le top 50 plébiscite *Emma* comme Bovary, *Clara* comme Malraux et *Manon* comme Lescaut. À conseiller dans le rayon authentique et local : *Godelaine, Déodat, Bertrande, Vorlette* et *Venance*. À recommander aussi les prénoms de vieux totalement délaissés : en France depuis 1999, *Arlette* comme Laguiller ou *Andrée* comme Putman ou *Marcelle* comme Ségal[1] ou même *Maryvonne* comme Dupureur[2] ne sont plus donnés, *Yolande* se porte de façon quasi anecdotique et *Micheline* se traîne alors que les Françaises nous pondent chaque année près de cinq mille petites *Clara*. Chez les garçons, les prénoms classiques les plus sinistrés s'appellent *Kléber* comme Haedens et *Adolphe* comme le héros de Benjamin Constant, tandis que les *Gilbert* et les *René* se font bien rares. Un SOS spécial pour deux

---

1. Marcelle Ségal, disparue fin 1998, à cent deux ans, avait tenu pendant quarante ans la rubrique du courrier du cœur de *Elle*.
2. Médaillée d'argent sur 800 mètres aux JO de Tokyo en 1964, a ouvert la piste pour Colette Besson, Nicole Duclos et Marie-Jo Pérec.

prénoms absolument abandonnés depuis soixante ans : *Cunégonde* et *Zéphyrin*.
- **Conserver des vieux objets ou des objets de *vieux*.** Andy Warhol expose bien au MoMA les *Campbell's Soup can*, c'est-à-dire des boîtes de potage d'il y a quarante ans. Tout garder, dans un monde où le recyclage des déchets est un défi collectif, constitue un acte de citoyenneté et d'antépathie. Mais la difficulté réside dans la conservation de ces vétustés car il n'est plus question d'user de produits chimiques ou détergents. La société antépathe est revenue au savon de Marseille, à l'eau, au vinaigre de vin, à la cire d'abeille véritable, à la paille de fer.
- **Se fabriquer ses propres *vieux* grâce à la généalogie.** Vous en trouverez beaucoup. C'est le moyen le plus sûr et le plus propre d'avoir une collection personnelle de *vieux*. Les logiciels d'ordinateurs proposent des sites confortables pour les vôtres.

Tout le reste, les vieux cons, vieux débris, les vieilles noix, les vieilles branches et toi aussi, mon pauvre vieux, c'est mort.

Attention !
Une expérience inédite :
vis ma vie de vieux

Le document qui suit est un document. Pas spontanément drôle et même carrément pénible. Mais cela se veut une manière d'hommage à tous ces vieux, obscurs et sans-grade, que notre société antépathe, éprise tout à la fois de jeunesse et de culte des anciens, a relégués. Si c'est trop long, laissez tomber. Mais si vous en avez la force et l'humanité, tentez cette expérience pour vous mettre dans la peau d'un vrai vieux. Il suffit pour cela d'aller faire ses courses au supermarché aux heures de pointe, par exemple le samedi à midi.

Une fois toutes les emplettes enregistrées par la morne caissière qui a édité d'un geste mécanique son ticket de caisse impavide et l'a présenté, chercher sans hâte les lunettes, dans le cabas, non alors dans le sac ou dans les poches et, les ayant enfin trouvées, ouvrir avec précaution l'étui, essuyer chacun des deux verres lentement et les chausser enfin, ces précieuses lunettes sur le nez, en faisant surtout bien attention au verre fendu et à la branche réparée avec du Scotch, il faudra aller chez l'oculiste malgré la pingrerie de la sécu qui ne rembourse rien sur les montures (ça commence à faire long), vérifier alors le ticket de caisse et demander à la préposée enchâssée à la caisse combien ça fait en anciens francs, elle ne sait pas mais le monsieur derrière dans la queue bien obligeant le sait, lui, puis vu le prix prohibitif de ces commissions du matin, trois fois rien pourtant, s'assurer qu'au moins aucun des articles enregistrés n'appartient à ce monsieur capable de compter en francs et en euros et voir aussi si celui-ci n'a pas réquisitionné, par erreur ou par malveillance, il faut se méfier des gens normaux, surtout des gens dont l'excès de normalité dissimule des penchants coupables, si lui donc n'a pas volé, de son côté, des articles qui n'étaient pas dans son propre Caddie, une fois ces précautions prises et le total ayant été vérifié après des explications complémentaires demandées à la caissière sur le prix des compotes affichées en promotion par pack de six fois six, comme si, quand on a le malheur de vivre seul ou quand on a des problèmes de transit, on pouvait se forcer à manger trente-six pots de compote en quinze jours vu qu'après ils sont périmés, bien récupérer son porte-monnaie dans son cabas, car nous sommes dans un rapport marchand, l'ouvrir en faisant bien attention, clic clac, à la petite pièce qui roule sous les roues du Caddie de derrière en sorte que la caissière excédée comme dab' ou plutôt le monsieur exaspéré qui fait la queue derrière, sans femme, incarnant la condition humaine de la famille contemporaine monoparentale et décomposée, finisse par avoir l'obligeance de la ramasser, et une fois la pièce rendue, un centime d'euro, c'est quand même 6,56 centimes soit presque 7 anciens francs, se mettre à sortir du porte-monnaie, une à une, les autres pièces, si possible des jaunes pour s'en débarrasser et pas les laisser à David

Douillet parce qu'un type qui a autant de médailles d'or n'a pas besoin de menue monnaie, et les compter à haute voix, centime après centime (c'est un peu longuet), s'apercevoir alors, avec un commentaire sur les difficultés du passage à l'euro, que, parmi cette ferraille, figurent encore des centimes de francs inusités et à jamais perdus mais que David Douillet n'aura pas pour autant, demander malgré tout pour accélérer le mouvement et pour créer du lien social l'aide de la caissière impavide afin qu'elle puisse prendre elle-même avec ses doigts sales dans la paume tendue, comme on le fait d'une pomme offerte à un cheval, la somme requise et après qu'elle a échoué à en extraire le juste montant, chercher au fond du cabas où une pièce peut très bien avoir glissé vu que les centimes d'euro c'est tellement petit, les eurocrates de Bruxelles ne pensent pas aux personnes âgées, puis faute d'espèces sonnantes et trébuchantes suffisantes pour acquitter la somme due, se proposer d'abandonner à contrecœur l'un des produits achetés, hésiter longuement, en commentant chacun de ses choix et non-choix entre les navets, la boîte de Sheba pour le chat et le cirage Lion noir (bon, on a compris la démonstration, on passe à la suite du chapitre ?), renoncer à renoncer parce qu'il faudrait alors encore revenir et refaire la queue qui est toujours si longue à cette heure, parfaitement, chaque samedi, c'est pareil, à croire que toute l'humanité médiocre a envie de se retrouver à midi, la veille du dimanche, pour rompre la pesante solitude et la vacuité de ces week-ends citadins et se prouver que la vie a un sens (je dépense donc je suis, comme dans la chanson de Piaf *Les Amants d'un jour*, moi j'essuie – je suis – les verres au fond du café, j'ai bien trop à faire pour pouvoir rêver), et donc proposer finalement de payer par chèque, à condition bien sûr qu'ils acceptent les CCP dans la boutique, malgré que les PTT n'existent plus, et pour cela dénicher le chéquier et récupérer la paire de lunettes qui avait été remisée par-devers soi après la vérification du ticket de caisse, et, cela accompli qui demande une nouvelle investigation, se munir de ces lunettes fragiles avec leur Scotch qu'il faut recoller sinon c'est la cata (strophe pas racte) et sous les injonctions affligées de la caissière qui prétend qu'il est inutile de remplir le chèque, ce monde est sans humanité, et sous le regard carrément inamical du monsieur solitaire, en garde alternée d'au moins trois enfants déjà obèses vu tous les sodas, les bonbons, les chips, les Actimel, les Chocapic et le ketchup qu'il trimballe dans son chariot où d'ailleurs les esquimaux et les colins panés surgelés sont en voie de réchauffement rapide, comme le reste de la planète, bonjour la chaîne du froid, et qui s'impatiente dans la queue qui ne cesse de s'allonger comme il est normal un samedi à midi surtout jour de promotion spéciale rentrée parce que c'est le seul moment où les gens qui travaillent peuvent aller faire les courses ce qui n'est absolument pas le cas des vieux à la retraite (vous vous fichez du lecteur, c'est nul), c'est vrai que le samedi pousse à des crises de fièvre acheteuse dans les grandes surfaces, malgré la crise, bref se saisir du chéquier CCP et chercher de quoi écrire avant d'être interrompu dans cet élan par la caissière neurasthénique qui explique avec un ton tempéré que la machine s'en chargera, sur quoi tenter de détacher un chèque, manœuvre délicate dans l'émotion de l'instant, la chaleur poissarde du magasin où la clim est toujours mal réglée de sorte que c'est Dunkerque en rayon et Tamanrasset en caisse, avec en plus, en plein dans les oreilles, RFM ou Europe 2 diffusées à tue-tête, précisément pour casser la tête des clients, et quand, c'est réussi, cet extirpage du chèque malgré que le pointillé soit à peine tracé sur le chéquier, tandis que la petite ouvrière de la caisse fait son impression, lui réclamer un stylo bille pour pouvoir marquer la date et le montant du chèque sur le talon du chéquier parce que sa machine automatique qui sait soi-disant tout faire n'y arrive même pas, et un stylo, qui marche de préférence, s'il vous plaît, avec la difficulté de devoir écrire sur ce tarmac de caoutchouc où gisent au bout de la caisse en vrac les achats, le cirage, les navets, le Sheba pour le chat, tout quoi, mais aussi un morceau immonde de feuille de salade d'un client précédent et même un dégoulis de yaourt à boire, et il faut encore exiger de la caissière qu'elle veuille bien nettoyer avec un Sopalin la place sinon comment remplir ce talon de chèque et quand tout est prêt signer le chèque, avec le stylo bille rouge, vous êtes sûre que c'est légal, mademoiselle, le tendre à la fille morose qui réclame par-dessus le marché une pièce d'identité comme quoi la confiance règne, on est français en France, heureusement, cela va vite, la carte se trouve là dans un étui plastique transparent du portefeuille, mais à cause de l'humidité ambiante ou de la canicule de l'été, elle est restée toute collée dans sa gangue transparente et pour la sortir sans la déchirer, c'est tout un exercice, alors il faut se résoudre à demander à la jeune fille ombrageuse de la caisse, qui a l'air quand même un petit peu typée voire étrangère, de le faire elle-même, voilà, comment elle n'est plus valable depuis cinq ans, alors c'est la meilleure, d'autant qu'en France, jusqu'à plus ample informé, mademoiselle, vous devriez savoir, si vous étiez française, que la carte d'identité n'est pas obligatoire, finalement elle dit que c'est pas grave et note au stylo bille rouge le numéro au verso du chèque avec un air de ne pas y penser, comme quoi c'était bien la peine de faire autant d'histoires, quand le monsieur derrière, le divorcé au Caddie dégueulant de produits pleins de sucre qui rendent les enfants obèses, dit qu'il en a vraiment marre (nous aussi, on saute tout le reste jusqu'au prochain chapitre, prévenez l'auteur qu'il peut continuer mais sans lecteur, tant pis), oui, il en a marre et que c'est une honte, avec une acrimonie que son mariage raté peut expliquer mais ne légitime pas, mais cette carte d'identité, elle doit bien retrouver sa place dans le portefeuille plutôt que de traîner là, risquant d'être maculée de yaourt ou de salade pourrie, ou pis happée par le tapis roulant, et la jeune fille déprimée de la caisse, malgré tout obligeante, dit qu'elle va le faire elle-même de remettre la carte dans l'étui avec ses doigts sales et elle montre le chèque rempli pour bien prouver que la somme que la machine a inscrite correspond au centime près à celle du ticket de caisse ce qui oblige à refaire toute l'opération lunettes fendues de A à Z mais compte tenu de l'atmosphère hostile qui monte alentour, autant ne pas insister et donner quitus à la jeune femme morne et encore cette aventure n'est-elle pas achevée, puisque toutes ces émotions ont retardé l'embarquement pour Cythère de toutes les commissions dans le cabas, elles gisent éparses sur le tarmac du bout de caisse mais au point où nous en sommes, l'homme pressé et la caissière consternée semblent résignés à attendre sans plus s'énerver pour éviter tout incident et en particulier tout risque de mixage de courses de l'un et de l'autre finalement préjudiciable à la fluidité de ce péage commerçant sauf que tout ne rentre pas dans le cabas et qu'il faudrait une poche mademoiselle s'il vous plaît parce que vous avez oublié de m'en donner, elle doit déjà penser à sa pause-déjeuner, comment depuis quand on ne donne plus de poches dans les supermarchés, quoi, d'ailleurs c'est affiché au-dessus de la caisse, elles sont consignées à un euro, pour des raisons écologiques, bon alors et d'une, pas question de payer un euro de plus, parce que un euro, les jeunes générations l'ignorent c'est 6,56 francs, soit 656 anciens francs, sachant qu'à l'époque une baguette valait 30 centimes et le journal 25, comme les timbres-poste, excusez du peu surtout pour une poche gratuite, et de deux, maintenant qu'on a fait le chèque et tout, on ne va pas recommencer tous les calculs surtout que beaucoup de monde attend qu'on libère la caisse, et de trois, elle sait bien la jeune fille maussade qu'avec toutes les pièces jaunes il n'y avait pas l'appoint et d'ailleurs, si elle en doute, elle peut vérifier elle-même, tout de suite, malgré ses doigts poisseux, clic clac, dans le porte-monnaie, attention encore une pièce qui a roulé sous le Caddie du quadragénaire contemporain qui trompe son impatience en téléphonant avec son portable, ce qui n'est ni courtois ni élégant dans un lieu public, expliquant au directeur de l'école qu'il serait en retard pour récupérer Faustine et Maieul, bravo les nouveaux pères, pas capables de s'occuper du fruit de leurs entrailles, et donc il n'y a pas l'appoint dans le porte-monnaie mais, alors ça c'est une chance, un ticket de réduction de 1,33 euro découpé sur la dernière boîte de Sheba pour le chat achetée la semaine dernière,

Nous devons hélas fermer prématurément ce captivant chapitre car depuis la *Calypso* nous recevons un appel pressant.

Appel de la *Calypso*

C'est le commandant Cousteau qui vous parle. Ceci n'est pas un message aux générations futures. *Zis is not a message for the future generation.* Ceci est un message aux générations actuelles. *Zis is a message to the current generation.* Au secours, *Help!* Hommes de nulle part, *Nowhereman*, hommes de maintenant, souvenez-vous de moi. Hier, *Yesterday,* sous mon bonnet rouge, je plongeais dans la *Calypso,* mon *Yellow Submarine*. Nemo n'était pas encore un poisson-clown des studios Disney-Pixar mais le commandant du mystérieux *Nautilus*. Ô combien de marins, depuis l'enfance matelots, combien de pêcheurs d'Islande ai-je croisés avec leurs visages burinés, sillonnés comme le mien de scarifications, comme autant de stigmates offerts par le vent et le sel, ondes charnelles des longs baisers mouillés de l'océan sur ma peau ! Combien de fois en ces courses lointaines me suis-je englouti dans les yeux des sirènes, aux regards éperdument cernés d'outremer comme les franges violines de l'écume de mer à Bora Bora ?

Je me sens bien, *I feel Good*, moi qui suis une sorte de vieux phoque *I am ze Walrus*. Malgré cette ride profonde qui barre mon front et dont vous ne voulez pas. Vous, Terriens ! Et pour la combattre, la ride, vous allez rendre la terre aride.

C'est le soir, après une longue journée de labeur, *A Hard Day's Night*, te voilà, femme, devant ta glace dans la salle de bains et tu questionnes : « Miroir, miroir ! Quelle est la plus belle ? » Et lui pourtant, adepte des silences de la mer, devant ton corps encore vert, te répond : « Michelle, ma belle. » Tu n'es donc pas la plus belle. Alors tu vois tes rides dessinant les reliefs d'une carte au trésor sur ton visage d'après vingt ans. Tu te dis : oh ! la la ! *Ob-La-Di ! Ob-la-da !* Mon Dieu ! Et qu'est-ce que ce sera quand j'aurai soixante-quatre ans. *When I am sixty four.* Et tel Ned Land face à l'hydre marine, tu veux les combattre, ces rides de tête. Et sept jours sur sept, *Eight days a week*, ça recommence. Et l'industrie des cosmétiques te dit-on va arranger ça. *We can work it out.* Attention apprentie sorcière ! *Oh, Darling !* Tu ne devrais pas croire aux prétendus pouvoirs ancestraux des élixirs précieux.

Tu élimines les cellules mortes et les structures d'antan pour retrouver ton teint virginal. *Oh Lady Madonna.* Tu repulpes ton visage. Tu relisses chaque ride avec des microsphères de rétinol. Tu rétablis le système d'auto-hydratation. Tu revigores les enzymes avec des flavanoïdes. Tu collagènes et tu régénères à l'ADN, ARN et aux peptides. Tu restructures au Phyto-Complex de soja et à l'Isobioline et au Proxylane. Tu réinjectes de l'acide folique et de la créatine pour réensoleiller ton visage. *Here Comes ze Sun.* Tu redensifies le derme en profondeur. Tu renforces tes barrières cutanées, ta barrière de corail contre les requins de l'âge.

De toi à moi, *From me to you*, dans cette entreprise de ravalement, sais-tu que tu commets l'irréparable ? À cause de toi, de tes crèmes anti-âge et de tes onguents pour rajeunir la peau, on arrache au ventre des océans l'algue brune et le collagène des méduses.

On déforeste la terre pour cueillir les bourgeons des jeunes cèdres du Japon (soin global + de 45 ans) et pour pomper la sève des cèdres bleus (soin des yeux). On intensifie les hyper cultures pour produire les ingrédients de tes rajeunissants bluffants : le thé tchaï, le lupin, l'orge, le soja, la vanille et même les nénuphars d'Égypte. Sais-tu qu'il faut 105 kilos de gousses vertes de vanille pour produire un kilo de régénérant fondamental ? Bientôt les travailleurs de la terre ne pourront plus rien produire. Adieu champs et campagnes. Plus de vignes, de vergers, ni de fraises. *Strawberries Fields for ever.*

Pour lutter contre le réchauffement climatique qui tue les vieillards, il faut des forêts et des océans. Et pour lutter contre le vieillissement épidermique qui touche les futurs vieillards, il faut détruire les forêts et les océans. Mon second, Falco, me dit : ils sont fous et malades. *A Fool on ze Hill.*

Alors, je vais t'aider, *I want to hold your Hand*. Je suis ton homme. *I wanna be your Man*. Tu sais que je suis un grand personnage. *I am ze Greatest*. Et je peux t'apporter une réponse à toi et aux générations d'aujourd'hui. *There will be an Answer*. En vérité, pour rester belle, tu n'as besoin que d'être aimée. *All you need is Love.*

Reste ainsi que la nature t'a faite. *Let it be*. Tu es touchante avec ces premières sommations de l'âge posées sur ton visage comme des albatros sur le pont du chalutier. N'est-elle pas délicieuse, hein mon brave Falco : *Ain't she sweet ?* Tu vois, ça va déjà mieux. *Good Day Sun shine*. Mon brave Falco me dit que j'ai raison et il vous salue. *Hello Good Bye.*

8. Le syndrome *Alexandre Dumas* ou le retour aux origines de notre Histoire

> *On n'entre pas au Panthéon comme dans un moulin.*
>
> (André Malraux)

Voilà plus de quatre ans que, moi, Alexandre Dumas, je partis, par un temps de décembre, semblable à celui-ci pour être enseveli sous le sol de Paris et devenir le chef du peuple de la nuit. Un décret présidentiel, abject comme ceux du cardinal, m'avait arraché à cette bonne terre de Villers-Cotterêts, chaude, humide et grasse comme une femme, où la vermine champêtre festoyait dans mes restes faisandés. Je m'y tenais, heureux de (ne pas) vivre depuis cent trente-deux ans. Mais un matin, un ordre venu de Paris me tira de là à coups de pelle. Pourquoi? Parce que je venais d'avoir deux cents ans et qu'on s'avisa que moi, le plus grand des écrivains français, j'étais soudain un grand homme. On traîna trois jours mon catafalque de salle des fêtes en salons d'honneur. On me mit en cave, en face de chez Laurent Fabius, sous une place célébrée par le poète

Patrick Bruel[1]. *Je pris place au Panthéon parmi les grands hommes dont un théoricien des sciences nautiques Charles Pierre Claret, un sénateur Louis-Pantaléon Resnier, un cardinal laïc Charles Erskine of Kellie, un juge Claude Regnier, un artilleur Alexandre-Antoine Hureau, un médecin Pierre-Jean Cabanis, un peintre Joseph-Marie Vien, un Batave Jean-Guillaume de Winter, oui comme ma Milady, excusez du très peu, à quoi il faut ajouter Victor Hugo, hélas.*

En mars 2002, un funeste président de la République avait annoncé : « J'ai décidé le transfert des cendres d'Alexandre Dumas au Panthéon où il retrouvera un ami. » Pourquoi ? De quoi se mêlait-il ? Et surtout que savait-il de l'amitié, ce président, pour juger d'une soi-disant amitié de trente ans ? Que dis-je de trente ans, de six fois trente ans ! Non, avec le temps, la belle escadre des amitiés est au mouillage dans des rades adverses. Hugo, mon ami ? Hugo, « bête comme l'Himalaya », disait mon frère de peau, Leconte de Lisle. Hugo, qui me dégobille chaque jour son chapelet d'alexandrins fumeux comme des saucisses. Il est vrai qu'au tombeau le vers vient vite. Hugo qu'on m'impose comme compagnon de chambrée dans cette maison des écrivains morts où le XXIe siècle commémorant a décidé de nous ensevelir à jamais.

La patrie n'est pas reconnaissante à ses grands

---

1. *« On s'était dit rendez-vous dans dix ans/Même jour, même heure, même port/On verra quand on aura trente ans/Sur les marches de la place des grands hommes. »*

hommes. Le Panthéon n'est pas folichon. Un quarteron d'inconnus et deux femmes. Oui, deux femmes pour une soixantaine de mâles que le trépas raidit : une veuve éplorée qui choisit de mourir le même jour que son mari, Marcellin Berthelot, et Marie Curie, au cadavre rongé par le radium. Comme dit Hugo dont l'esprit fiente : « N'allez pas vers son caveau car du côté de Pierre et Marie, ça sent un peu les Curie. »

À moi ! Mordious ! À moi les mousquetaires ! Où êtes-vous ? Partis dans des courses lointaines ? À moi, les lansquenets, les cadets de Gascogne ! Sortez-moi de là... J'entends passer Hugo qui arpente les corridors du Panthéon, comme s'il faisait le tour du propriétaire, en chantonnant « C'est la faute à Voltaire, c'est la faute à Rousseau » parce que ça lui rappelle les escapades souterraines de Jean Valjean... Moi aussi je peux chanter, « C'est la faute à Chirac, c'est la faute à Decaux ». Pourquoi donc les hommes de ce siècle veulent-ils déterrer leur prochain ? Ont-ils si peur du lendemain ? La rumeur d'outre-tombe prétendait que des coquins, les mêmes qui m'ont enlevé aux miens, voulaient nous amener George Sand, ici au Panthéon, la ravir à son Berry. Alors, j'ai su qu'il me fallait la sauver.

George Sand, si tu ne vas pas à Alexandre Dumas, Alexandre Dumas ira à toi ! Car mes geôliers de la République l'ignorent mais moi, tel Edmond Dantès, je tiens dans mes vieilles phalanges une cuillère en acier que j'ai dérobée dans la salle à manger du Sénat, pendant les discours convenus pour ma panthéonisation. Et je creuse. Oui, je creuserai le jour, je creuserai la nuit pour m'échapper, pour percer la vieille pierre parisienne et creuser un tunnel jusqu'à ma bonne terre de Villers-Cotterêts. Et je creuserai aussi, pour toi, ma George, jusqu'à Nohant pour empêcher leur projet infâme.

Mon tombeau ne sera plus une prison. Ventrebleu! Ne tremble pas, Aurore, je te délivrerai, mordicus, où que tu sois prisonnière. Nous nous étendrons nus sur l'herbe au bord de l'Indre. Et nous nous souviendrons que nous sommes cendres en fumant la pipe. Et vous édiles nécrophiles tremblez, détrousseurs de cadavres, nains Minotaures qui vous repaissez de géants morts. Demain, j'entraînerai sous mon panache l'armée des ombres des commémorés, les exhumés réinhumés, les morts, les pauvres morts qui ont de grandes douleurs et nous crierons avec George Sand: la mort au diable!

À l'heure où nous écrivons ces lignes, nous pouvons rassurer Alexandre Dumas, Amandine, Aurore, Lucile Dupin va bien. Elle, George Sand, repose toujours sous sa terre de Nohant, auprès de ses parents et grands-parents, là où écrivait-elle «avec une passion d'abrutie (…) j'ai fait un jardin à ma fantaisie, un jardin de pierres, de mousse, de lierre, de tombeaux, de coquillage, de grottes». Elle l'a échappé belle et la société antépathe n'a rien trouvé de mieux pour chercher ses racines que de déterrer ses morts. L'affaire Sand en est l'expression la plus aiguë.

Du Sand à la une

Les efforts coupables d'Élizabeth Badinter et de Simone Veil, d'habitude mieux inspirées, et de Claudia Cardinale qui présida en 2004 feu le comité pour le transfert des cendres de George Sand au Panthéon sont partis en fumée[1]. Il n'a échappé à personne que l'année 2004, celle du bicentenaire de la naissance de George Sand, est maintenant passée. La prochaine échéance difficile à négocier ne s'annonçait que pour 2076, bicentenaire de sa mort. C'est que le cap de la cinquantaine est aussi redoutable pour les morts que pour les vivants. Celui du centenaire ou pire du bicentenaire est ravageur. En 2007, c'est un ami, comme dirait Jacques Chirac, de George Sand, le malheureux Alfred de Musset qui a senti passer le vent du boulet. Cent cinquantenaire de sa mort, ça aurait bien mérité un nouvel enterrement en grande pompe. Lui dont la tombe au Père-Lachaise n'offre si tristounette qu'un arbre maigrichon : *Mes chers amis quand je mourrai, Plantez un saule au cimetière...* Dans la promo 2007, les autres ont paru moins exposés : Guitry (mort en 1957 mais suspect de trop d'intelligence avec l'ennemi), Alfred Jarry[2] (mort à la Toussaint 1907 mais suspect de trop de démesure), Georges Remi, dit Hergé (né en 1907

---

[1]. Ce fumeux projet avait aussi reçu le soutien ardent de Lambert Wilson, Régine Desforges, Juliette Binoche et de l'incandescent Jean-Claude Brialy.

[2]. À lire l'exceptionnel *Alfred Jarry* de Patrick Besnier, Fayard, 2005.

mais suspect de belgitude rexiste), ou encore Crébillon Fils (né en 1707, suspect de rien mais coupable d'indifférence).

La menace la plus virulente a pesé sur les cadavres exquis de Pierre Mendès France et de René Char, coupables d'être nés, cette année-là, cent ans avant 2007. Deux êtres à la postérité jumelle, irréprochables et sans date de péremption, qui ont en commun de pouvoir être évoqués même si l'on ne sait rien d'eux[1].

Le dossier (et le cercueil) George Sand n'est pas encore tout à fait clos. On risque encore de venir troubler le repos éternel de la célèbre auteur[2] de *La Petite Fadette* et de *François le Champi* que personne n'a lu et surtout pas à l'Élysée, à Matignon ou au palais Bourbon. Le Panthéon, ce n'est pas de la petite bière, c'est même très grand et ils ne sont que soixante et un à l'intérieur dont cinquante-neuf hommes pour près de trois cents places. De bonnes places restent à prendre, plus faciles à occuper, mais moins confortables que les sièges d'académicien. Une élue mosellane et antépathe, Marie-Jo Zimmermann, suggère d'instaurer la parité dans la crypte funèbre. Elle propose les noms de la féministe révolutionnaire (guillotinée) Olympe de Gouges ou de la philosophe Simone Weil. Mais où ira-t-elle chercher les cinquante-sept autres pour arriver à la parité ? Après le Manifeste des 343 de 1971 aurons-nous l'appel des 57 ? Que se

---

1. C'est la thèse de F.-O. Giesbert dans *La Tragédie du président*, Flammarion, 2006.
2. Sans *e* : je ne crois pas que Sand aurait apprécié d'être traitée d'auteure.

tiennent en alerte les amis de Barbara, Françoise Sagan, Marguerite Duras, Simone de Beauvoir[1], Nathalie Sarraute, Marthe Richard, Marguerite Yourcenar, Danielle Casanova, Marcelle Ségal, Françoise Giroud, Louise Michel, Marie-Madeleine Dienesch, Geneviève Tabouis, Thérèse de Lisieux et Colette Besson, toutes panthéonisables. Et que les intimes de George Sand ne baissent pas la garde.

Une femme pourtant, une seule, peut demeurer tranquille pour l'éternité. La très officielle Délégation aux célébrations nationales met à jour le calendrier des anniversaires à souhaiter. Elle nous a alertés sur la perspective d'un moment fort en 2008 : le cent cinquantième anniversaire de l'apparition de la Vierge Marie à Lourdes. Frédéric Dard rappelait que « la justice, c'est comme la Sainte Vierge, si on ne la voit pas de temps en temps, le doute s'installe ». Et réciproquement. Songez à la belle cérémonie que nous eussions pu espérer : la lecture de *L'Annonce faite à Marie* de Claudel par les vierges de Sainte-Mère-Église ou du *Da Vinci Code* aux Saintes-Maries-de-la-Mer, l'accrochage au Louvre d'une *Vierge à l'Enfant* par Soulages, Marie Laforêt chantant *a capella* l'*Ave Maria,* une journée nationale de la chasteté, le lancement à la télévision d'*À la recherche de la nouvelle Marie*… Et surtout la grandiose translation des cendres de la Vierge[2] à la basilique de Lourdes en direct avec pape, prélats,

---

1. Dont BHL regretta qu'en 2006 on eût omis de célébrer le centième anniversaire de la naissance.
2. « Je n'aurais pas voulu être la Vierge Marie, car elle a raté le meilleur » (Nelly Kaplan).

présidents. Mais voilà, Marie a tout pris, surtout le temps de disparaître. Elle a décidé, une fois pour toutes, il y a deux mille ans de monter aux cieux et personne ne pourra en faire des cendres.

La machine à remonter le temps

> *Moi, le bourreau modeste exécutant, j'écris l'Histoire avec une grande hache.*
> (Docteur Guillotin)

Alexandre Dumas, décidément bien désavoué, disait que l'Histoire était un clou où il accrochait ses histoires. Vingt ans après, et un siècle plus tard, l'Histoire est le clou du spectacle, enfoncé profond dans le fondement de la société antépathe. Cette Histoire, qui ne repasse pas les plats, bonne fille nous les réchauffe à présent, nous les ressert, nous les réassaisonne. Chaud devant : une *Cléopâtre* qui marche, trois *Rois maudits* pour la 2, un *Jaurès* sur la 3, le *Lascaux,* c'est pour la Cinq, la cuvée du patron, le millésime 14-18, c'est pour les Allemands d'Arte, et le devoir de mémoire est offert par la maison... Et en avant, pardon, en arrière, pour la revisite. Saluons ici le malheureux Francis Fukuyama, qui nous promettait la fin de l'Histoire alors que nous sommes entrés dans une Histoire sans fin.

Cet amour immodéré de l'Histoire est consubstantiel de l'antépathie. C'est quoi, l'Histoire ? Le récit de ce qui était avant. Et avant, c'est quoi ? C'était mieux… CQFD. Bon, bien sûr, tout ne fut pas rose dans l'Histoire. Pas grave, il existe deux techniques simples pour échapper à cette objection mesquine : soit on réécrit avec une *happy end* un épisode tragique, c'est licite ; soit, si l'horreur confine à l'abominable, on lui trouve une double vertu : elle stimule notre devoir de mémoire, elle nous offre un protocole compassionnel consolateur. Avant, c'était mieux en gros mais, quand parfois c'était pire, c'était encore plus pire. Vous allez me dire que vous ne connaissez rien à l'Histoire et que vous ne savez même pas qui était Louis VI le Gros ni même Jean Ier le Posthume. Aucune importance, c'est même un gros avantage. Voici donc le fin mot de l'Histoire.

Trois logiques structurent le syndrome *Alexandre Dumas,* qui fait que, tel un kleptomane névrotique, l'antépathe a décidé : « du passé, faisons table basse ». L'Histoire : 1) se raconte, 2) se laisse réapproprier, 3) se revend.

1) L'Histoire se raconte

> *Le heaume du roi Arthur était un casque intéGraal.*
>
> (Georges Duby)

– S'il te plaît, raconte-moi une histoire de quand j'étais petit…

C'est le cri de l'antépathe dans la nuit pascalienne. Parce que nous en sommes tous là : le silence de ces espaces infinis nous effraie. Mais papa et maman ne sont plus là, ou ils ont changé, ou ils ne peuvent plus. Alors, il faut chercher ailleurs pour savoir comment c'était quand vous étiez petit. La société antépathe, qui connaît son marketing, propose trois produits en magasin :

– **L'Histoire de France,** c'est bien, grand public, facile à trouver (de *L'Histoire de France pour les nuls* aux suppléments historiques des magazines, sans compter les films [1], les séries TV et les récits en boucle de la « petite » histoire excellemment narrés par Pierre Bellemare). À conseiller aussi l'histoire des familles royales, un *must* persistant. Depuis Stéphane Bern, son successeur autoproclamé, ils ne sont pas de la même branche, l'un a lunettes l'autre non, l'un de la Russie blanche, l'autre du grand-duché, beaucoup ont oublié Léon Zitrone, l'homme qui parlait à l'oreille des chevaux (et de Nikita Khrouchtchev) et avait l'oreille des princes. « Nous sommes en direct du Rocher, vous pouvez voir l'écu des Grimaldi à la fenêtre du palais princier [2]. » Mais son esprit demeure. La prise de pouvoir du prince

---

1. Est-ce un hasard si les trois plus grands succès du cinéma français sont des films historiquement récessifs : *La Grande Vadrouille* (l'ode à la France profonde et résistante), *Mission Cléopâtre* (la revanche française de la malheureuse opération du canal de Suez de 1954), *Les Visiteurs* (les croisés de la France de 1123 enfin réhabilités).
2. Léon à qui l'on doit aussi cet hommage prononcé au JT : « André Bourvil est mort. Il nous fera toujours rire. »

Albert II a été diffusée sur presque toutes les chaînes en direct, parce que l'Histoire s'écrivait là, sous nos yeux embués d'émotion. De Londres à Monaco, de Bruxelles à Madrid, des sultanats aux principautés, nous avons partout des histoires de princesses, authentiques ou pas, au petit pois ou au petit QI, au grand cœur et aux grands chagrins qui épousent, trompent, se trompent, enterrent, héritent, mettent bas, réépousent, disparaissent.

– **L'histoire des siens,** c'est une gamme de produits plus personnalisés, plus authentiques, qui puise ses racines dans un terreau fécond : on recherche ses ancêtres et on reconstitue, tel Cuvier, son origine. Il existe des logiciels, des associations, des sites Internet, des cours de généalogie... Plus de cinq cent mille Français se sont mis à la généalogie. Quand on ne sait plus à quoi se raccrocher, l'arbre généalogique vous tend sa branche secourable. Où vais-je ? Personne n'en sait rien et personne ne veut le savoir. Mais qui suis-je et d'où viens-je ? La généalogie me le dit. Voilà pourquoi nous aimons tant les histoires de dinosaures. L'aventurier d'aujourd'hui n'est plus le conquérant du futur, c'est le paléontologue, invité systématique de toutes les émissions de télé ou de radio, qui vous explique pourquoi l'ADN du fossile de crocodile retrouvé à la frontière de la Chine et du Pakistan est essentiel pour que nous comprenions enfin d'où nous venons. Vous qui lisez ce livre, vous n'êtes pas dupes. Vous savez bien, avec Alexandre Vialatte, que l'homme n'est rien de plus qu'un animal à chapeau mou qui attend l'autobus.

– **Sa propre histoire** : il ne vous arrive rien dans la vie ? Alors justement, racontez-le. Cela s'appelle l'autofiction ou quand la réalité dépasse l'affliction. Ce courant intellectuel consacré au début des années 2000 par le populaire et austère Jean-Paul Dubois[1] avait été longtemps pratiqué par des écrivains femmes, Christine Angot, Alice Ferney ou Annie Ernaux. Les garçons s'y mettent à leur tour, youpi ! Pour ceux qui ne peuvent faire publier leurs sécrétions graphomaniaques, la société antépathe a inventé le blog. Les Français détiennent 3 millions de sites interactifs, et 39 % des blogs européens sont français. Le blog a remplacé les comptoirs des zincs[2] : on ne raconte plus sa vie en blaguant et en buvant un coup, on se raconte en blogs et en Times New Roman, ces journaux intimes, tapés à la machine, avec correcteur d'orthographe. Les grands diaristes français, Gide, Renard, Léautaud, les frères Goncourt, Matzneff, Mauriac, Mathieu Galey, sont nés trop tôt hélas pour bénéficier du concept. Mais, toi qui lis, là, tu peux aussi bloguer, ici et maintenant, comme tu le faisais déjà, à quinze ans dans ton carnet intime, consignant ton mal-être, tes émois, tout toi, quoi. Et ne me dis pas que tu n'oserais pas recommencer parce que cette fois-ci tout le monde risque de te lire. Mais non, rassure-toi, personne ne te lira, tu peux garder ton temps des secrets. Tes seuls lecteurs possibles, ils ne lisent plus, ils écrivent leur propre blog.

1. L'homme, lecteur d'Upkide, qui aime à «découvrir ces petites choses primordiales que nous portons en nous sans pour autant avoir jamais su les nommer».
2. Relisez *La Compagnie des zincs* de François Caradec.

2) L'Histoire se laisse réapproprier

Vous êtes toujours aussi nul en histoire ? Alors, la France antépathe, bonne fille, vous offre une double chance de rattrapage en latin et en géo...

Le coup du latin

> « Post coïtem, animal triste. » *L'employé des postes est un animal triste.*
>
> (Alphonse Allais)

Quid novi ? Le latin. Bien sûr, l'anglais est la langue des affaires[1]. En Europe, peut-être, mais pas en France. Chez nous, c'est le latin. *Sans le latin, la messe nous emmerde,* chantait Brassens, il y a trente ans. Sans le latin, la Bourse nous emmerde, fredonnent aujourd'hui nos golden boys. Oui, le Cac 40 ressuscite les langues mortes. *De minimis non curat praetor*, le petit curé n'est pas prêteur, mais les banquiers curant un maximum. Jusqu'à présent, seuls les juristes d'entreprise et les experts-comptables pratiquaient encore l'*affectio societatis*, le *prorata temporis*, le *non bis in idem*, le *de cujus*, l'*intuitu personae*, le *per diem* et le *de minimis*. Pour asseoir leur autorité diafoirusienne, *docti cum libro*, ils assénaient quelques proverbes latins qui faisaient office de lois universelles *a minima*.

---

1. Selon le président (français) du patronat européen, Ernest-Antoine Seillière, lequel encourut les foudres de Jacques Chirac pour avoir omis de s'exprimer en français dans un discours officiel à Bruxelles.

Des pages roses du dictionnaire à celles du Code civil, il n'y avait pas loin. *Nulla poena sine lege, Nihil obstat, Sumpti domestic apportavit legatos alacrem eorum*[1]. Mais *rebus sic stantibus,* nous demeurions dans un langage technique et bénin.

L'antépathie a frappé autrement: *altius, fortius, citius*[2]. Elle a visé *ab imo pectore* le capitalisme français au cœur. Le 06.06.06, jour du diable, naquit des amours de la Caisse d'épargne et des Banques populaires, non pas la CEPB comme il eût été normal, mais Natixis, une énigme pour les latinistes distingués. Est-ce un datif ou un ablatif pluriel (de *natixa,* 1re déclinaison, ou de *natixus,* 2e déclinaison) ou s'agit-il d'un nominatif ou génitif singulier de *natixis* (3e déclinaison) ? Pas facile. *In cauda venenum,* comme disait Suétone. *Nolens, volens,* les boursiers français ont rouvert leur Gaffiot et aboli l'inanité sonore des bibelots anglo-saxons dont la mondialisation s'empiffrait: les *unlimited, and company, business, trade… et cætera.* On a beau dire, le latin, langue officielle du Vatican, ça en impose aux marchands du temple. Les marchés sont volatils et les traders volages, pas le latin. Un bon curriculum vitae tranquillise l'employeur[3]. Depuis le passage à l'euro, le Cac est repassé au latin. *Ex post,* Rhône-Poulenc s'est latinisé dès le 1er décembre 1998 en

---

1. Son petit domestique apporta vite les gâteaux à la crème et au rhum (Tite-Live).
2. Vous ne comprenez pas le latin ? C'est pénible à lire ? Normal: l'antépathie est une maladie qui fait du mal. Continuez. Encore une page à tenir en latin.
3. Curriculum vitae: je cours vite (Marie-Jo Pérec).

s'appelant Aventis (mêmes déclinaisons que Natixis). Sa compatriote régionale, la Lyonnaise (des eaux) a opté pour Vivendi (un gérondif) grâce à Jean-Marie Messier. *Vae hominem per quem scandalum venit*[1]. La vieille Société générale d'entreprises de transformations en acquisitions est devenue Vinci. Non pas le Vinci éponyme du Code, mais le Vinci césarien : *veni, vidi, vinci*. Seule exception Matra, déjà latine, chez qui *ex abrupto* Sparte a remplacé Rome : la voici devenue grecque avec Thalès (625-547 avant Jésus-Christ). *In fine,* les dirigeants de Suez qui ont compris que Suez, c'est Zeus à l'envers ont décidé *mordicus* de ne point offenser les dieux et d'en rester là. Nous aussi, arrêtons-nous aux Axa, Cap Gemini, Altadis, Aviva, Arcelor, Rhodia, Publicis et Véolia. Le phénomène reste français. Quoique... *Horresco referens*. N'y aurait-il pas derrière le nom du Suédois Ikea, lourd de sens pour les petits couples en déshérence dominicale dans les banlieues lointaines, *un hic et nunc,* subliminal...

La géographie rétrospective

L'histoire ne repasse pas les plats mais la géographie repasse les faux plats et même les cols. L'histoire récente nous fait une faveur, à nous les antépathes. Les confettis qui figuraient sur les cartes scolaires de nos grands-pères et arrière-grands-parents sont de retour : Macédoine, Monténégro, Bos-

---

1. Regarde l'homme qui vient avec des sandales (Cicéron).

nie-Herzégovine, Croatie, Serbie, Biélorussie, Moldavie. Comme avant! En France antépathe aussi, les cartes ont été modifiées, les noms ont changé. Il était important de faire rentrer l'Histoire dans les appellations des territoires. Les départements avaient choisi de se réapproprier ce passé des provinces de l'Ancien Régime. Le 22, Côtes-du-Nord, était passé à l'Armor de Jakez-Hélias. Le 04, Basses-Alpes, était retourné à la Haute-Provence de Giono. Les départements inférieurs avaient retrouvé leur identité marine : 76 (maritime), 44 et 64 (atlantique). Et les villes, à leur tour, ont opté pour un label évoquant les riches heures des provinces françaises. Châlons n'est plus sur Marne mais en Champagne. Illiers (Eure-et-Loir) se fait appeler proustiquement Illiers-Combray. La Haye (Indre-et-Loire), pour ne pas être confondue avec son homonyme batave, se veut La Haye-Descartes et Ferney, dans l'Ain, n'a fait ni une ni deux, ou plutôt si deux, puisque la voilà Ferney-Voltaire. Et souffle là-dessus le grand vent de l'histoire. Le vent d'antan.

Ah que le monde est grand, à la clarté des lampes.

3) L'Histoire se revend

> *Le Titien aboie, le Caravage passe.*
> (Georges Perec)

L'enfant s'ennuie le dimanche surtout quand ses parents l'emmènent au musée. Que fait l'enfant grandi, adulte ? Il retourne au musée et s'y ennuie tout autant.

Pourquoi cette obstination kafkaïenne ? Et quand je cite Kafka, ce n'est pas par hasard, lui aussi s'embêtait ferme au musée, espérant, comme vous et moi, trouver un banc où s'asseoir au Louvre, appréciant, comme vous et moi, « les barres transversales placées devant les tableaux pour qu'on puisse s'y appuyer surtout dans la salle des primitifs », consterné, comme vous et moi, par « la foule dans le salon Carré... l'excitation des gens qui s'arrêtent, forment des groupes comme si l'on venait à l'instant de voler Monna *(sic)* Lisa »[1]. C'était en septembre 1911. Un siècle plus tard, les tourments psychiques et métaboliques des musées ont empiré : douleurs cervicales parce qu'il faut dodeliner du cou comme un dindon pour entrapercevoir dans la forêt de têtes dressées un carré de toile, atteintes des disques vertébraux (L4-L5 et L5-S1) pour avoir piétiné des heures dans la queue devant l'entrée de l'exposition puis devant chaque tableau, affections ophtalmiques à cause des traits de Mondrian et des bleus de Klein.

Muséologie et musée au logis

> *Les musées, c'est comme la confiture,*
> *c'est mieux sans conservateur.*
>
> (Jacques Jouet)

Tout le mal vient de la muséologie, invention funeste de la France antépathe. « Tout Français est

---

1. *Journal* de Kafka, Grasset, 1973.

muséologue », dit l'article premier de la loi sur la muséologie (en attente de publication au *Journal officiel*). Chez soi, on ne jette plus rien[1], on conserve, on garde, on retient. Les vieux emballages en papier, les boîtes vides, les bouteilles en verre, les anciens catalogues, les lampes sans abat-jour, tout cela un jour aura de la valeur ou deviendra une pièce de collection. Mais surtout, cela fait sens. Le même principe s'applique au monde extérieur : une piscine abandonnée, une usine désaffectée, un vieux presbytère « qui n'a rien perdu de son charme », une gare sans voyageurs, un hangar délaissé, un phare vide, une ancienne recette des impôts constituent autant de sites potentiels de musées urbains ou ruraux dont nous avons tant besoin. Et quand par malheur il n'existe pas d'édifice chargé d'histoire, il suffit de bâtir sur les fondations implicites de la mémoire enfouie un lieu neuf qui, par transmutation, sera muséifié. Exemple puisque nous parlons de lieux : vous avez envie de faire pipi, sur l'autoroute ? Un réflexe naturel vous pousse à chercher l'endroit propice dans une aire de repos. Oui mais là où devrait se trouver l'édicule affecté aux nécessités naturelles a surgi un Gaulodrome, un arboretum, un géoscope, un micropolis, un écosite, un élevage de volcans éteints, une plantation de faux menhirs, une réserve de fossiles, un musée champêtre et autoroutier de la préhistoire. Pour un peu, malheureux, vous alliez uriner sur un de vos ancêtres enseveli au bord de l'A10 ou pis sur un scarabée d'or protégé par la directive euro-

1. Même la jet-set.

péenne Natura 2000. Ah ? Vous avez toujours très envie de… Alors, arrêtons-nous plutôt à la station-service. Au Total, c'est un vrai petit musée régional et pétrolier qui s'offre à vous. Autour de la caisse, un étalage se prévaut de tout ce que le terroir offre de bon et de nécessaire : des cartes postales anciennes, des spécialités culinaires de toujours, une pelisse en peau de chèvre, des vrais bâtons de berger du Gévaudan, bien utiles quand on voyage en voiture, des bérets locaux et des gourdes en vessie de porc. La vessie ? Oui alors, l'endroit que vous cherchez se trouve après l'exposition mycologique, en face du panneau qui retrace l'histoire géologique du site. Une conservatrice du Parc régional naturel du Haut Cantal se tient à votre disposition pour vous initier à la réinsertion du mouflon du Caroux. Moralité : la prochaine fois que vous voyagez prenez vos précautions avant… Ou sinon restez près de chez vous. Allez donc visiter un de nos ronds-points urbains ou périurbains, qui, à leur(s) tour(s), ont muté en lieux de mémoire : un voilier échoué sur le sable à Marennes (17 320), une montgolfière végétale en hommage à Jules Verne à Aubergenville (78 410), une amphore romaine à Narbonne (11 100), un puits de mine à Bédarieux (34 600). Bonne nouvelle : la France détient le record d'Europe des ronds-points.

La muséologie ambiante vous perturbe ? Je m'en désole. Consolez-vous. D'autres aussi dérouillent. Lisez la suite avec compassion.

EXCLUSIF

Ce n'est pas drôle d'aller chaque dimanche au musée faire son devoir d'antépathe... Mais ce n'est pas plus drôle d'être musée soi-même. Cruel est le destin de nos chefs-d'œuvre. Le document qui va suivre est authentique. Il s'agit *de* la restitution *de* l'enregistrement pirate *de* l'intégralité *du* discours *du* chef *des* conservateurs *du* musée *d'*Orsay ! Huit génitifs ! À deux pas de l'Académie française. Ce discours a été prononcé, à l'occasion de la dernière rentrée, devant l'ensemble des tableaux, sculptures, dessins et collections exposés au musée de l'ex-gare d'Orsay.

Discours du chef des conservateurs du musée d'Orsay

Bonjour, je suis votre nouveau coach. La direction a jugé nécessaire une reprise en main. Inutile de vous faire un dessin, ici à Orsay, nous sommes en crise. Vous savez combien d'entrées/jour ils ont fait au musée du quai Branly, cet été? 9000 entrées/jour! Aujourd'hui, la muséologie, elle est mondiale. À ce niveau de la compétition, il n'y a plus de petits musées. Vous vous étiez installés tranquillement dans votre petit championnat. Certes, le Louvre, toujours premier, devant nous reste intouchable. On n'a pas les moyens de lutter face à leur «dream team». Et d'ailleurs, même si je le pouvais, je n'en voudrais pas, ici à Orsay, de la Vénus de Milo ou de la Victoire de Samothrace. N'empêche, même au Louvre, les œuvres ont su se transcender, se remettre en question. Dans les années 60, ça n'allait pas fort aux antiquités égyptiennes et ils se sont relancés en recrutant Belphégor, une œuvre que personne ne connaissait. Ils ont pris des risques et ça a payé. La Mona Lisa, on croyait qu'elle avait tout donné à son âge après son Leonardo, son enlèvement, ses moustaches, son voyage en Amérique, l'énigme du sourire et cette façon de dire «Joconde sur votre indulgence[1]», mais non! Avec son nouveau coach Dan

---

1. À lire les deux œuvres fondatrices de la jocondologie: *Joconde jusqu'à 100* (1998) et *Joconde sur votre indulgence* (2002) du professeur Hervé Le Tellier, Le Castor Astral.

Brown, elle s'est remotivée. C'est ça les grands : la capacité à toujours rebondir. Si ça se trouve, pour cette nouvelle saison, au Louvre, ils vont nous imaginer un gros coup : annoncer une fuite d'eau de mer sur Le Radeau de la Méduse *de Géricault ou la disparition d'une arche dans* Le Pont du Gard *d'Hubert Robert. Même Philippe de Champaigne, et Dieu sait que je ne peux pas le voir en peinture, même lui, il peut encore nous sortir un grand numéro. D'ici à ce qu'on nous sorte la suite du* Da Vinci Code, *le Da Champaigne Code, sponsorisé par la Veuve Cliquot !*
Et puis, derrière ça bouge, il y a trente-trois musées nationaux ! Et des fondations ! Et des églises ! Loches, qui joue en promotion d'honneur régional, s'est trouvé une belle paire dans son église, deux stars mondiales incognito, deux Caravage ! Et les musées privés ? Et les musées municipaux ? Rien qu'à Paris, ils sont quinze. Et eux mouillent le pinceau. Regardez le musée Picasso, petite salle, petite équipe, mais on y joue collectif. Toutes les œuvres, elles sont solidaires, pas de vedette. Humilité. Efficacité. Et Jacquemart-André, un musée de deuxième division, soi-disant has been*... vous avez vu la saison qu'ils nous ont sortie en allant chercher David. Jacques Louis David, il était au Louvre. Là-bas, le David, on ne faisait pas attention à lui. Le Jacquemart lui a redonné sa chance et c'est reparti !*
Et nous pendant ce temps-là on attend, on pause, on s'encroûte, et les croûtes, ce n'est pas bon pour des chefs-d'œuvre. La direction a fait de gros sacrifices. L'Origine du monde *de Courbet, c'était un gros*

transfert. Bien sûr, L'Enterrement à Ornans *a souffert de la concurrence. Mais entre deux Courbet: un cadavre glacé de la vallée de la Loue et la chaude fringance d'un mont de Vénus... y'a pas photo! Mais vous les autres, les anciens, vous n'avez pas suivi derrière* L'Origine du monde.
On va décrocher. Et dans une expo de peinture, ce n'est pas bon de décrocher. Quand je vois le Musée des arts premiers quai Branly, je dis danger! Les sculptures, vous êtes en première ligne. C'est à vous que je parle, les Carpeaux, les Rodin, les Eugène Carrière. Le Napoléon s'éveillant à l'immortalité *de Rude, il va falloir qu'il se réveille pour de bon, sinon on est mort. Toi aussi Pompon, parce que, aux Arts premiers, ils ne se contentent pas de la basse-cour avec le chat et le canard, eux ils servent la formule complète du carnaval des animaux avec des singes, des lions, des éléphants.*

Oh! Les tableaux... je compte aussi sur vous! Comme disait Malraux: «Il y a Cézanne mais il y a un seul Poussin.» Alors cette saison, je vous préviens, je ne laisserai rien passer. Il y a des cas individuels à trancher, ce n'est pas le plus facile. Personnellement j'ai toujours défendu les œuvres d'Alexandre Cabanel, et j'ai bien souvent été le seul, mais sincèrement La Naissance de Vénus, *qu'est-ce qu'elle a fait depuis 1863? Et Eugène Jansson, le Finlandais, son* Logement prolétaire, *il va déménager, il ne fera pas la saison de trop. Je sais que cette délocalisation ne fera pas plaisir aux syndicats mais je ne suis pas là pour ça.*

Et puis les stars qui attendent, tranquillement, le regard du spectateur, c'est fini ! Les Cézanne, les Pissarro, les Degas, et les autres gars aussi, il faut aller me l'accrocher le touriste japonais. Renoir et Gauguin, on ne lâche pas, les gars. On marque le visiteur à la rétine. Oh ! Monnet, la cataracte n'est pas une excuse. L'école de Barbizon et toi, Millet, attention sinon L'Angélus *va se transformer en glas !*

Quant à toi Le Déjeuner sur l'herbe, *tu es peut-être le chef-d'œuvre sur le catalogue mais il faut aussi le démontrer sur le mur. Qu'est-ce que tu as fait depuis un siècle ? Qu'as-tu fait de ton talent ? Quoi ? Tu as changé de cadre !... Vous savez, il y en a beaucoup d'autres qui attendent leur tour et qui seraient ravis d'être accrochés à votre place.*

Alors les gars, je parle aux impressionnistes surtout – les pompiers ils font ce qu'ils peuvent – mais vous : il faut IM-PRES-SIO-NNER. Le problème, c'est que tout le monde connaît votre style par cœur. Il faut réapprendre à émouvoir, il faut retrouver vos sensations.

Ce n'est pas parce qu'on est le musée Giscard qu'on ne doit pas avoir d'ambition. Moi, j'en ai pour vous ! Vous êtes le musée du XIXe siècle, officiellement 1848-1914. Le XIXe, c'est Victor Hugo, c'est Pasteur, c'est Verdi, c'est Zola, c'est Marx, c'est Proust, c'est Jaurès, c'est Rosa Bonheur... il y a de la qualité dans le XIXe siècle.

Je vous le dis solennellement : dans deux ans, ce sera joué !

Ou on aura perdu et on sera relégué en deuxième

division. Vous serez en compétition avec le Musée des Beaux-Arts de Béziers (ils ont un Delacroix, je crois) et la Fondation Jean-Lecanuet à Rouen. Vous voyez le tableau ! Mais ce sera sans moi !
Ou alors on aura réussi ensemble et vous jouerez en Ligue des champions avec les Offices de Florence, la Tate Gallery à Londres, l'Albertina à Vienne ou le Prado à Madrid.
On s'est compris. Alors collectif, les gars. **Just do it.**

Les résultats de votre test

– Êtes-vous bien sûr de vos réponses ?

À chaque réponse correspondent des points et des lettres[1].
Les points vont de –8 à +10.
Les lettres sont **c, d, J** et **L**.

1. Prenez de quoi écrire (de tête, les calculs sont vraiment impossibles)
2. Additionnez le nombre de points obtenus (certains peuvent être négatifs, il faudra donc les soustraire)
3. Additionnez ensuite le nombre de lettres obtenues : **c, d, J, L** (il peut y avoir zéro, une voire deux lettres associées à une seule et même réponse)

1) *Ascenseur* : A : 0 **c** ; B : +10 **d** ; C : 0 **L** ; D : +3 **J** ; E : –4 ; F : +5.
2) *Feu au Louvre* : A[2] : –8 **L** ; B : +3 **J** ; C : +10 **d** ; D : –3 **c** ; E : -6.

---

1. Salut à Max Favalelli des *Chiffres et des lettres*, éternel dans ses mots croisés du dimanche du *JDD*.
2. Vous êtes tombé dans le piège. Parce que s'il y a le feu au Louvre vous aurez bien du mal à sauver *L'Origine du monde* de Courbet. Le tableau est à Orsay !

3) *Personnage*: A: +3; B: +8 **d**; C: +5 **J**; D: −4 **d**; E: +10 **L**; F: 0 **c**
4) *Funérailles*: A: +3 **c**; B: +10 **d**; C: −8; D: +8 **J**; E: 0 **d**; F: +5 **L**.
5) *Loup*: A: +10 **d**; B: +5 **J**; C: 0; D: −5 **d**; E: 0 **d**; F: +5 **L**.
6) *Sommeil*: A: +10 **J L**; B: 0 **L**; C: −8 **L**; D: -5 **c**; E: 0; F: +10 **J**.
7) *Capable*: A: −8; B: +10 **J d**; C: −7; D: −3 **c**; E: −5 **c**.
8) *Immarcescible*: A: +5; B: −2; C: 0.
9) *Devise*: A: 0 **J**; B: +5 **L**; C: +10 **d**; D: +5 **c**; E: −8.
10) *Internet*: A: −10; B: +5; C: +10; D: 0.
11) *Héros d'enfance*: A: 0 **d**; B: 0 **L**; C: +10 **c**; D: −4 **L**; E: 0.
12) *Où va l'homme*: A: 0 **c**; B: −4 **d**; C: −2; D: +10 **J**; E: −3 **L**.
13) *À refaire*: A[1]: +5 **c**; B: 0 **J**; C: −8; D: +8 **d**; E: +10 **L**.
14) *Âge*: vérifiez votre petit calcul, vous ajouterez le nombre obtenu à votre total de points.
15) *Indispensable*: A: −3 **J**; B: −8; C: +5 **L**; D: +10 **J**; E: −8; F: 0 **c**.
16) *Télévision*:
    A: −3 **d**; B: +5; C: 0 **cJ**; D: 0; E: +8 **J**; F: −5 **L c**.

---

1. Ajoutez-vous 10 points si vous aviez plutôt choisi Lamalou-les-Bains que Rouffignac-de-Sigoulès.

17) *Commémorer* : A : 0 **c** ; B : +10 **d** ; C : −8 **J** ; D : −5 ; E : −5 **L**.
18) *État d'esprit* : A : −8 ; B : +5 **J** ; C : 0 **c** ; D : +3 ; E : −3.
4. Le total de points obtenus vous permet de déterminer votre coefficient de TVA (taux vérifié d'antépathie avérée). La lettre dominante dans votre thème vous donnera votre Cac (constante antépathe caractéristique).

Ça y est. Bravo !

Quant à l'interprétation des résultats, il vous faudra attendre la fin du prochain chapitre. Ce livre est aussi thérapeutique et tous les moyens sont bons, même les plus mesquins, pour vous faire aller de l'avant.

9. De quelques modèles pathologiques

Ceci est un protocole compassionnel. Après ces quelques pages, vous ne serez plus tout à fait seul. Levons le coin du voile. Rencontrons ensemble des antépathes remarquables, quelques-uns de nos plus grands Français durement touchés par l'antépathie. Désormais, vous ne pourrez plus jamais les regarder de la même façon.

Les étoiles correspondent à l'intensité de l'affection :
* grave
** très grave
*** plus que très grave
**** encore plus que très grave.

Ardisson Thierry** : Antépathe toutes tendances confondues. A au début opté pour le syndrome *Dumas* : Thierry frondeur s'est d'abord dit nostalgique de l'Ancien Régime, bien avant la naissance de Stéphane Bern (il est l'auteur de *Louis XX,* manifeste monarchiste), puis il s'affirma nostalgique des comptoirs de l'Inde (il a commis un *Pondichéry* inspiré). Mais le *Choriste* qui sommeillait en lui s'éveilla. Il plut avec son style de sale gamin sympathique qui dit des gros mots : caca, boudin, crabouillage. Avec le temps, un soupçon de *Calment* s'est installé, malgré ou à cause de ses efforts pour ne rien changer. Ni sa coiffure, d'autant plus tenace que Thierry aime à s'entourer de dégarnis (Baffie, Corti) qui valorisent ses plantations naturelles. Ni le noir, cette couleur (oui c'est une couleur affirmait Matisse) qui mincit. Thierry sait comme Cloclo que ça s'en va et ça revient et qu'il ne sert à rien de changer. La preuve : il a baptisé sa société de production Ardisson et Lumières. Le *son et lumière* était le must esthético-historique des années 70 : on éclairait les vieilles ruines en musique. Ardisson persévère : il met Balladur sous les projecteurs et balance plein pot des chansons de Village People.

Attali Jacques* : Aurait été déçu de ne pas figurer dans cette prestigieuse sélection. Cas particulier d'égopathie dumasso-calmentienne. Écrivain selon la méthode Dumas : tous pour un, tous pour moi. L'intangible VRP (verbatimeur de réflexions puissantes) de l'intelligence française depuis trente-cinq ans. Jacques connaît bien notre sujet : il a même signé, en son temps, une *Histoire du temps*. Son rêve est d'éternité. Se transformer en quelques volumes à jamais posés sur un rayonnage de bibliothèque.

Besancenot Olivier*** : Exceptionnel antépathe *Jeanne Calment*. Un prénom qui puise dans le terroir et les arbres séculaires. Un nom qui sent bon notre vieille province, Besançon, capitale du socialisme à la française et de l'horlogerie qui nous donna la Lumière (les frères) et le phare de la pensée poétique (Victor Hugo). A conçu un éclairage particulier : le grand soir du grand soir. Son projet politique : ne pas faire la révolution mais sauver le facteur français et les PTT, un hommage à Tati. Une coiffure de bon élève des années 50 qui fait de lui l'idole des maisons de retraite.

Bové José**** : Antépathe archéo. La France rurale ne compte plus un seul paysan. Mais elle compte sur le seul José Bové. Grâce à cet homme de bon sens, la France a reculé de deux siècles en vingt ans. Cet homme de racines a déterré des concepts qu'on croyait à jamais perdus : la moustache de Jean Ferrat, le camp du Larzac et la faux avec quoi l'on fauche. Heureux les épis mûrs et les blés moissonnés. Péguy, Bové le Gaulois, la Gaule, de Gaulle, toujours une certaine idée de la France. Avec tout ça où va-t-on ? Au moins jusqu'à Pôrto Alegre. Mais un homme qui porte les mêmes initiales que Jacques Balutin et Jean Baudrillard peut-il être tout à fait mauvais ?

Cabrel Francis**** : Tendance *Alexandre Dumas*. La poésie française compte trois Francis : Carco, James et Cabrel. Le Francis est nostalgique et versificateur. La chanson française en *el* s'enorgueillit de Brel, Cabrel, Bruel et Distel. Avec le mousquetaire de la luzerne, la rusticité du terroir d'Astaffort est garantie. L'odeur du verre de sirop d'orgeat collé à la toile cirée, le chat lové dans la cheminée, le papier tue-mouches pendu à la lampe, la vieille en noir qui se tait. *C'est écrit... Elle n'en sort plus de ta mémoire. Ni la nuit ni le jour, Elle danse derrière les brouillards.* C'était déjà écrit à propos de l'autre Francis C. (Carco), « il s'embrume à la mélancolie », disait Dorgelès. À vos souhaits.

Delanoë Bertrand*** : Très joli syndrome *Choristes*. Après être sorti vainqueur d'un face-à-face épique avec Philippe Séguin sur les crèches et les maternelles, a décidé de réaliser tous ses caprices d'enfant : faire des pâtés de sable sur la plage à Paris, patiner sur les grands boulevards, ne pas se coucher de toute la nuit (blanche), être le petit qui a le droit de jouer avec les grands (Max et les fiers ailleurs – du Stade français). Enfin presque tous ses caprices... un vilain petit rosbif lui a piqué ses jeux : Blair et Delanoë sont sur une arche, Bertrand tombe à l'eau, qui est-ce qui coule ?... Pas lui, parce que *fluctuat nec mergitur.* Na !

Dubosc Franck** : Antépathe total. Déjà, il s'appelle Franck... Comme. Comme ? Pas facile... Franck Fernandel, fils de son père. Franck et Fils, un bon faiseur un peu passéiste de la rue de Passy. Franck Pourcel, le grand orchestrateur de l'ORTF, et Franck Alamo (*Biche, ô ma biche*. « Allô, mademoiselle, Maillot 36-28 »). Tout est bon chez lui, y a rien à jeter, dirait Brassens : la bouille, l'humeur, la santé, la franquette. A réhabilité en un an Trigano (le camping, c'est Trigano), le Butagaz et les slips kangourous, bref la France éternelle au bord des routes des étapes du Tour.

Foucault Jean-Pierre** : Antépathe tendance *Jeanne Calment*. La pendule de Foucault ne s'arrête jamais. Toujours là, fidèle au poste. De radio (la grande voix de Radio Monte-Carlo est aussi belle sur RTL) et de télévision (de *L'Académie des neuf* sur Antenne 2 au meilleur de TF1). Bien élevé comme les animateurs d'antan, d'une distinction non ostentatoire comme les grands de l'ORTF, bienveillant comme Chancel, avec l'élégance de ne jamais montrer que lui sait ce que les autres ignorent et toujours le zeste d'ironie qui montre qu'il n'est jamais dupe. Avec Jean-Pierre, on prend date et racine. Les Jean-Pierre croient aux vertus profondes et françaises. De la bataille de la Somme avec le Picard Pernaud à la France d'en bas de Raffarin, de la ligne bleue des Vosges avec Chevènement à la grande bleue avec Foucault. Mais avec lui, il est aussi des lieux où souffle l'esprit. Regardez-le bien : une brise légère soulève toujours la mèche parfois rieuse d'un front équanime.

Giscard Valéry* : Cas exceptionnel d'anti-antépathe. Tout semblait pourtant le prédisposer : une illustration familiale revendiquée, la calvitie à trente ans, une fascination pour la Chine éternelle, un statut d'académicien donc immortel comme Cocteau et Pétain et un arrêt sur image ineffable, l'au revoir au bouquet d'anémones fraîchement coupées. Mais cet homme, élu trop tôt, et contaminé par le virus de la modernité est incorrigible. L'IVG, la majorité à dix-huit ans, la fin de l'ORTF, le relookage de *La Marseillaise,* le col roulé, les œufs brouillés avec les ramasseurs d'ordures... c'était beaucoup déjà et ça n'avait pas totalement convaincu. Vingt ans après, VGE a remis ça : *Giscardisme et Modernité,* le quinquennat soufflé à l'oreille de Chirac, le titre de son roman *Le Passage* (pas sage ou éphémère ?) et surtout ce rêve fou, à la Zidane, de décrocher une nouvelle étoile, celle du drapeau de l'Union européenne. Son problème à Giscard reste le peuple qui lui a dit non. Non, non et non... nous, on ne veut pas changer. Giscard non plus ne change pas.

Jacquet Aimé**** : Le modèle le plus abouti de l'antépathe syndrome *Choristes* (en version senior). Déjà le prénom, comme un millésime introuvable culminant en 1920, abandonné en 1980. Il n'y a eu, en France, que 10 nouveau-nés prénommés Aimé en 1982 alors que plus de 2 200 petits Kevin venaient au monde cette année-là... L'accent stéphanois évoque le grand Saint-Étienne, de l'Ange vert (Rocheteau) au catalogue Manufrance. Le vocabulaire garantit l'authenticité du produit. Il dit « les gars », ce que depuis Hugues Aufray personne n'avait osé. La coupe rase sur la nuque et drue sur le front est celle des héros du cinéma d'avant-guerre. Possède la rugosité bienveillante d'un chef scout teinté d'instit de la IIIe République. Seul chef de guerre à avoir fait gagner la France au XXe siècle, sans l'aide des Anglais ni des Américains.

Jardin Alexandre*** : Antépathe tendance *lingette* (à ne pas confondre avec Dujardin, Jean, le garçon d'*Un gars, une fille,* et Ribet Desjardins, marque de téléviseur en noir et blanc à l'époque d'Anne-Marie Peysson). Tout commence avec lui au jardin d'enfants. On joue aux billes (*Bille en tête*, son premier opus, à dix-sept ans et des poussières, on n'est pas sérieux quand on a dix-sept ans), à Bambi (*Fanfan*, son second opus), au zèbre qui fait pouet (*Le Zèbre*, son opus second). Dans un jardin d'enfants, on trouve forcément des racines, les siennes sont des poutres apparentes. Alexandre, total antépathe, écrit sur les enfants (*Le Petit Sauvage*, un titre à la Truffaut, *L'Île des gauchers,* un titre à la Casimir) et pour les enfants *(Les Coloriés)*. Il aime les films romantiques et les mots anciens des grandes personnes nées avant-guerre comme *suranné, frimousse, chic, claquemuré, funambulesque, aquarellées*. Aquarelle les jeunes filles ? Alex le sait qui connaît le pouvoir ineffable des mots : *le tintamarre des fleurs, le tam-tam de l'absolu, la malaria du désir, les rhododendrons de la passion* (dans *Autobiographie d'un amour*). Beaucoup plus Delly que Dalí.

Jospin Lionel*** : Antépathe tendance *Calment*. Basketteur d'antan. Socialiste traditionnel. Service public à l'ancienne. Il y a plus de vingt ans, celui qui était alors le French Clinton avait chanté un prémonitoire *Les Feuilles mortes* à la télévision : « Les feuilles mortes se ramassent à la pelle, les souvenirs et les regrets aussi. » S'est donc logiquement pris une pelle. Et vit de souvenirs amassés : c'était mieux avant quand il était présidentiable à Matignon. Mais une autre chanson, d'un autre chanteur mort, Cloclo, entendue sur Radio Nostalgie s'était mise à trotter sous son front hiératique de héros de Claude Sautet. *Même si tu revenais*. Le couplet en était tentateur : « Et cette grande entrée au bout du chemin / Je pousse la grille et soudain / Une grande maison au bout d'une allée / Une grande maison tout abandonnée / Et puis sur la porte une petite pancarte / Où on a écrit *à louer* » (l'Élysée ?). Le refrain était plus réticent : « Même si tu revenais, je crois bien que rien n'y ferait, notre amour est mort à jamais. » Une nouvelle candidature, une idée à creuser, s'était dit notre Edmond Dantès de l'île de Ré. A dû se résigner à comprendre qu'il était *Le Mal Aimé*.

Leclerc Michel-Édouard** : Antépathe tendance *lingette*. Pas besoin d'être grand clerc pour voir que ce bien aimable fils à papa qui a toujours su garder « tous ses rêves d'enfant » (c'est écrit dans *Le Monde*) en revendique tous les symptômes. « Leclerc défend votre pouvoir d'achat avec des couches », proclamaient des milliers d'affiches dans toute la France. Sinon, il a vraiment tout bon. Avec son super blog « De quoi je me M. E. L. », sa tête de jeune premier (de la classe), sa profession revendiquée d'épicier (épicier = marchand d'épices, comme avant) et non pas de patron de grande surface, sa bretonitude toujours proclamée, sa passion pour le foot, les petits bateaux (pas les culottes, mais ceux qui vont sur l'eau) et la BD, je crois que c'est clair…

Maïté* : Antépathe très *Calment* dont elle a presque l'âge. A réhabilité le vieux métier d'homme-sandwich, version femelle, mais un sandwich d'homme avec des pruneaux d'Agen, du foie gras des Landes, des piments d'Espelette, de la queue d'anguille de la Baïse, des grattons de Lombez et du pâté de Condom. Amie de Dumas, encore une, a investi la cuisine des mousquetaires. Comme avant : c'est gras, costaud, viril mais correct. Matriarche du complexe d'adipeux. A sur les ortolans le même point de vue que Mitterrand : les manger avant de mourir. Et sur les animaux le même regard que Paul Claudel répondant à la question : Quel est votre animal préféré ? – Le perdreau froid.

Minc Alain* : Antépathe *Calment*. Unique représentant de l'époque Minc. Lui était déjà là avant. Il est toujours là. Même raie sur le côté. Même taille. Même ton. Même fantaisie. Mêmes diagnostics sur tout. Mêmes certitudes et même résultat : pas mieux qu'avant.

Noah Yannick*** : Toujours classé dans le top 10 des chouchous des Français, donc antépathe toutes tendances confondues. Jeune homme persistant aux tresses facétieuses (tendance *Les Choristes*). Père d'enfants en bas âge et fils de son père (tendance *lingette*). Breton du Cameroun, deux colonies françaises, né à Sedan, défaite française (tendance *Calment*). Vainqueur historique (tendance *Dumas*). Qui y a-t-il à l'intérieur du Noah ? Les vieux pensent qu'on y trouve un ex-champion vainqueur de Roland-Garros que chaque tournoi donne l'occasion de féliciter : on fêtera en juin 2008 les vingt-cinq ans de son triomphe. Les jeunes croient qu'il est un grand frère chanteur, qui les comprend. Les entre-deux le connaissent comme l'Aimé Jacquet black du tennis qui a fait gagner en 1991 la coupe Davis aux joueurs français en leur apprenant à chanter *Saga Africa*. On ne sort de l'ambiguïté qu'à son détriment, disait le cardinal de Retz. La vertu cardinale de Yannick est d'y rester.

Wurtz Robert** : Antépathe tendance *Calment*. Arbitre télégénique recyclé dans *Intervilles*. Surnommé par la presse footballistique le Nijinski du sifflet, au temps de sa lointaine carrière d'homme en noir. Quel journaliste sportif avait pu voir danser Nijinski, mort tout de même le 8 avril 1950 ? Admettons. Le sifflet, l'accent de Francis Blanche faisant Papa Schultz dans *Babette s'en va-t-en guerre* avec Brigitte Bardot. Bardot portait une choucroute sur la tête et *Wurtz* signifie saucisse, en alsacien.

Zidane Zinedine**** : Antépathe *lingette*. A fait son *outing* le 9 juillet 2006, à Berlin, en plaçant, tel un agnelet impétueux fouillant le pis de la brebis, sa tête haletante entre les deux seins arrogants d'un joueur italien. Un détail : l'arrière italien avait parlé à Zidane de sa maman, à lui Zizou. Un autre détail : l'Italien s'appelait Materazzi (de *mater,* la mère). La mère, l'Italie, Rome, la *lupa,* la louve allaitante et nourricière. Dommage que ni l'arbitre ni l'UEFA n'aient compris que cette tête dans les tétons exprimait, le jour même de sa retraite sportive (c'est-à-dire de sa petite mort), un retour régressif à la matrice maternelle de ZZ. (ZZ, comme un nom de chromosome.) Même le penalty de Zidane, ce jour-là, fut femelle : pas un tir viril, une « panencka » douce, arrondie et enveloppante. Comme un ventre fécondé.

L'interprétation tant attendue des résultats du test

Ce suspens intolérable va prendre fin et vous allez savoir comment vous vous portez.

TAUX VÉRIFIÉ D'ANTÉPATHIE AVÉRÉE

Votre total atteint :

– **moins de 0** : le test est totalement négatif. L'avenir radieux s'ouvre à vous avec ses lendemains qui chantent. Vous êtes un être rare. Et vos proches ne le mesurent pas assez. Faites-le donc savoir davantage autour de vous.

– **entre 0 et 15** : rien, un soupçon, un reliquat d'antépathie. Mais tout cela est parfaitement bénin. Ne changez rien à votre façon de vivre. Évitez si possible la lecture de Proust et les films de James Ivory. Ne fréquentez pas les brocantes et les puces. Mangez tant que vous le pouvez de la nouvelle cuisine et consommez un peu moins de blanquette de veau et surtout de cassoulet. Tâchez d'oublier l'anniversaire de la personne de votre vie, une fois au moins... C'est pour votre bien et celui de votre couple.

– **entre 15 et 30** : premières alertes. Envisagez sérieusement un changement de mode de vie. Levez-vous une heure plus tard chaque matin, ainsi l'avenir arrivera plus vite. Videz vos armoires et débarrassez-vous de tout ce qui a plus de cinq ans, oui même la robe que vous aviez le jour où... Jetez votre collection complète de *Paris-Match*. Allez au cinéma, mais ne voyez que les nouveautés. Faites l'effort de ne pas lui souhaiter son anniversaire cette année. Il (ou elle) comprendra que la raison médicale est impérieuse. Ayez des relations sexuelles au moins sept fois par semaine.

– **entre 30 et 50** : c'est franchement grave. Tentons de vous réinsérer dans le réel. Cessez immédiatement la lecture de ce livre et passons aux soins actifs. Attention, c'est un changement très violent qui s'impose. Il vous faut le soutien de vos proches et de votre famille. Éloignez-les de vous au maximum. Bien entendu vous ne devrez plus accompagner ni chercher vos enfants, neveux et nièces à l'école. Changez-vous, même de sous-vêtements. Ne portez que du jamais porté. Débarrassez-vous de tout ce qui est capteur de passé : caméscope, albums de photos, courriers y compris les e-mails de plus de trois jours et agendas. Jetez vos doudous et ceux de vos enfants. Mangez des petits pois plutôt que des carottes, navets, betteraves, bref évitez tout ce qui est racine. Programmez vos prochaines vacances dans un endroit qui vous est totalement étranger et qui n'évoque rien pour vous : Lamalou-les-Bains, Rouffignac-de-Sigoulès, Berne (oui en Suisse, le type même de lieu qui n'évoque rien) ou Fades (Puy-de-Dôme). Éteignez votre poste de télévision. Répondez non à toute invitation d'ami de plus de douze mois. Écrivez sur le mur de votre chambre : « Je déteste Casimir (ou Mendès France ou Patrick Bruel). » N'engagez la conversation qu'avec des personnes âgées de moins de cinquante ans (au besoin, vérifiez leur identité). Cessez toute pratique sportive. Ne lisez plus Michel Onfray. Si votre habitation a plus de dix ans ou si vous habitez dans une rue portant le nom d'un personnage historique mort, déménagez immédiatement. Et, surtout, supprimez votre portable. Faites l'amour, à la Jardin (pas Alexandre, mais Pascal), « comme si c'était la première et la dernière fois ».

– **au-dessus de 50** : à ce stade, il n'y a plus rien à faire. Continuez comme vous êtes. Vous allez vivre probablement très vieux. Prévenez les vôtres : qu'ils n'aient pas de fausses espérances quant à un éventuel héritage et qu'ils puissent se préparer à votre présence prolongée ici-bas. En attendant, inscrivez-vous à des jeux télévisés. Tenez votre journal intime (ou votre blog), ça n'intéressera personne, mais au moins pendant ce temps-là vous laisserez les autres vivre leur vie. Abonnez-vous à *Historia*. Évitez les plus jeunes ou les esprits aventureux, vous vous feriez mutuellement du mal.

CONSTANTE D'ANTÉPATHIE CARACTÉRISTIQUE (CAC)

Vous avez un maximum de

– **C** : Vous êtes donc *Choriste* : Relis attentivement le chapitre 5 qui est pour toi, tu apprendras plein de choses sur toi et tu seras plus fort dans ta tête. Je parie que tu dois adorer *Les 400 Coups* de François Truffaut, les zans, les chansons de Renaud, les frites, les séries à la télé, faire de l'accrobranche et la fête. Et tu as vu bien sûr, au moins une fois, le film *Les Choristes* (et *Amélie Poulain*).

– **L** : Vous voilà *lingette* : Mon bibou, relis avec ton doudou toutes les jolies histoires de quand tu étais bébé, c'est tout un grand chapitre qui te concerne, le 6. Sinon, tu as un portable ? Tu aimes les couettes, ton papa, les yaourts à boire et ta maman, tripoter tes cheveux en téléphonant, te suçoter… le bout des doigts. Passons sur ton désir d'enfant, que tu n'oses pas toujours t'avouer. Attention à ton budget « lingettes ».

– **J** : Ainsi vous êtes *Calment,* vous n'êtes pas seul. Relisez attentivement le chapitre 7 qui vous concerne spécialement (n'oubliez pas les lunettes). Vous avez une carte Vitale, vous aimez les radis et les pâtes de fruits. Vous avez envie de vivre très longtemps. Vous êtes bien chez vous. Vous aimez lire et vous avez l'heure. Vous envoyez des cartes de vœux à Noël. Vous réussissez la blanquette de veau. Vous faites vos courses le samedi. Vous craignez les fortes chaleurs et France Info.

– **D** : Votre tendance est *Dumas*. Relisez avec intensité et gravité les belles pages du chapitre 8 qui vous est consacré. Vous connaissez le nom du ministre de la Culture. En dehors de Paulo Coelho et d'Anna Gavalda, vous avez nfondez pas Louis IX et Louis XI. Et, bien sûr, vous avez vu *Les Rois maudits*.

IV
Les grands foyers d'infection

Nous allons continuer à aller de l'avant, tels des conquérants de l'impossible. Mais n'est-ce pas encore plus beau parce que c'est inutile ? En avant ! Car le culte de l'avant est bien le sujet qui nous et vous passionne.

Vous êtes conscient, à présent, de l'ampleur du phénomène, et vous pourriez sans peine (?) discerner les points les plus douloureux. Mais nous avons choisi de traverser la France antépathe ensemble, comme les compagnons du tour de France de jadis, comme les deux enfants de Bruno[1]*. Cheminons de conserve et abordons donc, avec les précautions d'usage et du principe, les zones les plus infestées.*

À ce jour, plusieurs foyers infectieux d'antépathie ont été identifiés. Les plus virulents se trouvent en psychanalyse, il fallait s'en douter, à la télévision inévitablement, dans la politique française hélas,

---

1. Publié en 1877 aux Éd. Belin frères par Mme Augustine Fouillée (née Tuillerie) sous le pseudonyme de G. Bruno, *Le Tour de France par deux enfants,* sous-titré *Devoir et Patrie,* fut la bible des instituteurs de l'école de la République. Sans doute le plus gros succès de toute la littérature pédagogique : près de 9 millions d'exemplaires vendus.

mais aussi de façon plus inattendue chez 100% des sportifs et du côté du sexe. Nos experts, au mépris du danger, se sont rendus sur place. Voici, sans parti pris, ni a priori, le résultat de leurs investigations.

10. Les psys :
on a besoin d'heureux pères

Mon lave-linge fait un drôle de bruit.
(Hannah Arendt)

Psychiatres, psychologues, pédopsychiatres, assistance psychologique, psychothérapeutes et l'ineffable cellule de soutien psychologique – sans parler des coaches – ont fait main basse sur nos existences, et même nos vies. Avec un message simple : on est ce qu'étaient nos parents… qui eux-mêmes sont ce qu'étaient les leurs (et nous pouvons ainsi remonter tranquillement jusqu'à Jean Ier le Posthume avec la difficulté que nous avançons, pardon reculons, selon une progression géométrique 2^n). Bref, nous nous reproduisons, mais en même temps nous reproduisons un modèle déposé depuis des lustres[1], voire beaucoup plus. Et ce modèle parental nous poursuit inlassablement, nous infligeant les stigmates des blessures de nos propres parents. Les ados qui crient « Ma mère, j'en ai plein le dos ! » ne savent pas à quel point ils voient juste : leur mère, ils l'auront toute leur vie derrière eux, et ils auront beau se pla-

---

1. Un lustre n'équivaut en principe qu'à cinq années.

quer le dos sur le divan du psy, elle sera toujours là ! Et vous ? Songiez-vous, en offrant des colliers de nouilles ou des poubelles de table en pots de yaourt à votre maman chérie pour la fête des Mères, que l'hommage humble de cette bimbeloterie constituait une offrande expiatoire à cette mère cruelle qui allait vous faire tant souffrir ? Oh certes, elle a subi les douleurs de l'enfantement mais sa vengeance est terrible et inlassable. Maman, je vous hais. Sa vie, vous la portez à présent comme une croix, sans légèreté aucune, comme celle que sa maman a portée aussi, et celle de la maman de sa maman. Mais où cela peut-il s'arrêter ? Donc, pour savoir ce que nous sommes, disent les psys, en bons devins du passé, essayons de découvrir ce que nous fûmes et surtout ce que furent ces êtres qui nous ont donné la vie. Fourrons le groin dans le passé, et tant pis, tant mieux même, s'il exhale d'infâmes remugles ; oui il le faut, glauque et nauséabond, empestant l'inavouable, le non-dit, le secret de famille. Enfournons-nous dans ce passé qui a besoin d'être ramoné. Grattons à la grattounette, récurons nos écuries d'Augias intérieures. Oui, mais avec quoi ? La lessive Saint-Marc qui nous fera entendre des voix de nos chers disparus ? La Javel Lacroix, elle-même christiquement expiatoire ? Harpic, qui rappelle la harpie folcochienne ? Monsieur Propre, un moi-même dangereusement égotique, tout autant qu'Omo ? Cajoline, douloureusement maternisant ? Persil qui est Père-si ou perd-si ? Ariel, qui fait l'ange ? Et Mir, invitation narcissique à nous mirer dans notre propre image. « Mini Mir mais il fait le maximum », c'est bien ce qu'on appelle un effet d'abyme. Bref, dût notre amour-propre en souffrir, c'est à Freud à dire, mais nous ne pourrons laver notre vieux linge sale qu'en famille.

On peut se poser la question de savoir, comme Jean Szpirko, si les nœuds borroméens sont exportables à d'autres champs que celui de la psychanalyse. Mais ce n'est pas le débat. À défaut d'avoir lu et compris la maman de Carlos (Françoise Dolto), le frère du gendre de Lacan (Gérard Miller), ou l'arrière-petite-nièce de Napoléon (Marie Bonaparte), les Français se cherchent. Et ont même commencé leur travail sur eux-mêmes. Avantage : ce travail peut se faire pendant les RTT. Qui dira que la France est paresseuse ?

Voici un exemple de ce travail avec le témoignage du docteur F.

Poussons, sans haine et sans crainte, la porte de son cabinet[1]. Une petite pièce sans relief donnant sur une rue médiocre du XVe arrondissement de Paris nous reçoit. Un divan « profond comme un tombeau », aurait dit Baudelaire. Quelques livres aux titres psychédéliques sur des rayonnages Ikea et un seul roman, *Les Âmes mortes* de Gogol. Afficher un livre de Gogol, quand on est psy, c'est d'un tact !

---

1. Un cabinet ! On va sur le psy comme on va sur le pot, pour expulser ce qui ne veut pas sortir et nous pèse sur le cœur et l'estomac.

Extrait inédit des carnets du docteur F. sur le cas singulier de « l'homme aux ours blancs »

11 septembre 2***... première séance avec Félix, un homme banal et souriant, petite quarantaine décontractée.

– Bonjour, docteur... Excusez-moi, mais c'est la première fois que je vais chez un psy. C'est impressionnant... Je dois m'allonger sur le divan, comme dans les films de Woody Allen ?

– Oui.

– Bon, alors, je viens vous voir parce que je vais très bien...

– Oui ?

– Ah ! voilà, docteur, je crois aux printemps japonais.

– Oui.

– Moi, je ne connais pas le Japon, en dehors des films de Kurosawa, mais je sais que là-bas, pendant quelques jours, fin mars, tous les cerisiers fleurissent. Cette exubérance de la nature rend les Nippons heureux. Ils font des projets, des vœux. Moi pareil. Je suis heureux et optimiste toute l'année. Et autour de moi, tout le monde s'en plaint. Au travail, à la maison, ils me répètent chaque jour : *avec toi, Félix, tout va toujours bien, je t'assure, à la fin, c'est pénible.* Vous en pensez, quoi, docteur ?

– Il faut creuser pour comprendre. La séance est terminée.

25 septembre 2***, deuxième séance avec Félix. Est entré en sifflotant dans mon bureau un air de Bobby Lapointe. La pointe... en venir au pénis ?

– Bonjour, docteur, on fait comme d'habitude, moi couché, vous assis ?

– ...

– J'ai creusé, docteur et c'est terrible. Ma mère a eu une grossesse heureuse et un accouchement magnifique. Mon premier âge fut joyeux, mon enfance sereine, mon adolescence facile, mes années étudiantes réussies et ma vie d'homme accomplie... Et il me semble, chaque matin, quand je me lève que le meilleur est à venir. Même quand ça pourrait ne pas aller, quand je reçois mes impôts ou que les copines de ma femme viennent dîner, je positive. Je me dis que les impôts, ça paie les enseignants et les agents des impôts qui nous sont bien utiles. Quant aux copines de ma femme, elles ont avec moi le spectacle réconfortant du bonheur. Vous comprenez mon problème ?

– Oui, creusez.

– Je vous remercie d'être aussi compréhensif, docteur.

2 octobre 2***, troisième séance avec Félix. Il est moins heureux que d'habitude. Bon signe...

– Je me creuse. Pourquoi suis-je heureux ? Ce n'est pas normal... Je regarde Mireille Dumas. J'ai cherché dans ma famille, les lettres admirables de mon père à ma mère, les lettres sublimes de ma mère à mon père. Que de l'amour. Magnifique. Tolstoïen. Toutes les familles heureuses se ressemblent. C'était

bien mon handicap, à la base, une famille heureuse.
– Oui.
– Pareil, dans les générations d'avant. Pas de fausse couche, pas de morts de la grippe espagnole. Que du bonheur... c'est terrible. J'aimerais pouvoir être résilient. On m'a conseillé une cellule de soutien psychologique... mais je bloque. Peut-être à cause du mot cellule. Cellule, c'est pas très engageant, vous ne trouvez pas ?
– ...
– Prenez les mots : cancer, prison, crise, parti communiste, tout ça c'est de la cellule. Bon, mais vous, vous pourriez être mon gardien de cellule psychologique ?
– Oui.
– Mais qui a la clé ?
– Vous, continuez à creuser pour savoir pourquoi vous êtes heureux.

9 octobre 2***, quatrième rencontre avec Félix. Est resté prostré les yeux au plafond en répétant : « Je ne comprends pas pourquoi je suis toujours heureux... » Lui ai dit de continuer.

15 octobre 2***, cinquième séance avec Félix. Ne m'a rien dit. Un silence fécond ?

Octobre, novembre, hiver, printemps, Félix ne dit plus rien... Je lui dis de creuser encore... Je le sens miné, rongé, la résilience est proche...

21 août 2***, Félix arrive détendu.

– J'ai trouvé! Vous pouvez vous vanter de m'avoir fait chercher. J'ai bossé trois mois pour mes devoirs de mémoire. Et j'ai découvert mon problème.
– …
– Alors, j'ai réfléchi à ce qu'on a dit une fois. À la cellule et à la clé. La cellule, c'est une prison, une cage. Et là, j'ai pensé: le docteur, il est très fort. Quand je vous pose une question, vous répondez toujours par une sorte de grognement ou par un blanc.
– Oui?…
– Vous vexez pas. Donc cellule, grognement et blanc, ça fait ours blanc, et justement je me suis souvenu du zoo avec les ours blancs.
– Nous allons en rester là.

28 août 2*** Félix a repris du poil de la bête. De l'ours?
– Je suis content de vous voir, docteur. Je n'avais pas eu le temps de vous parler des ours blancs. J'ai même été un peu fâché contre vous, vous m'avez carrément coupé dans mon élan. Moi ça va mieux. On a des choses à se dire. À propos des ours.
– … Ah? oui?
– Mais si, des ours blancs, j'ai fait mon travail de mémoire et j'ai trouvé enfin un point noir dans ma vie. Grâce à vous, votre déduction sur clé, cellule et ours. Relisez vos notes…
– Oui.
– Alors que je vous raconte. L'histoire remonte à mes cinq ans. Ce jour-là, un jeudi après-midi, ma mère nous a emmenés mon frère et moi au zoo. On était très contents. Des otaries, des singes, des

girafes, tout le tremblement. Et puis, stupeur et tremblements… Vous me suivez ?

– Oui, nous avons progressé, à la semaine prochaine.

8 septembre 2***, Félix n'a pas son air habituel. Très irrité.

– Docteur, je craque… Je travaille sur moi-même, je trouve enfin une raison de ne pas être heureux et je n'arrive pas à vous le dire.

– Oui.

– Mon histoire d'ours blanc.

– …

– Vous savez pourquoi je suis comme je suis, maintenant ?

– …

– Je suis comme je suis à cause de vous et de vos questions, de vos semblables qui nous tripotent le ça et l'inconscient. Mais c'est vous les inconscients ? Laissez nos âmes en paix. Laissez-nous être heureux… Ne nous faites plus creuser. Et maintenant, supposez que je me lève… comme ça, que je quitte Divan le terrible, que je choppe votre fauteuil, comme ça…

– Non.

– Enfin un non, vous avez donc un nom ! Lacan serait content. On progresse et supposez que je retourne votre fauteuil, comme ça, et vous en dessous. Ça fait sens et même basculement de sens. Et je pourrais aussi vous jeter dans le bassin des ours blancs. Vous savez qu'au zoo ils deviennent tous fous, les ours blancs… Adieu docteur. Comme disait

Claude Bernard, c'est l'échelle d'observation qui crée le phénomène, alors demandez-vous ce que ça donne quand on voit les âmes cul par-dessus tête! Quant à mon histoire d'ours blanc, tant pis pour vous, vous ne la connaîtrez jamais.

Fin de mes séances avec Félix.

Le cas de la guérison de Félix a suscité une communication remarquée du docteur F. dans la revue Psychiatric Analysis, *sous le titre, hélas intraduisible en anglais : « Si on fichait Lacan*[1] *? »*

---

1. Le docteur F. a connu un certain succès, grâce à une technique d'analyse particulière qu'il a nommée «En dessous du divan». Le patient est en effet non plus sur le divan mais sous le divan.

11. La politique
ou le projet de passé

> *L'homme de l'avenir est celui qui aura la mémoire la plus longue.*
>
> (Nietzsche)

Parlons politique, même si ça ne se fait pas. L'État spectacle, selon la formule inspirée de Roger-Gérard Schwartzenberg[1], nous offre un show permanent d'antépathie. Et la pratique politique nous offre depuis trente ans un éternel retour des hommes et des idées. Après le gaullisme et « le changement dans la continuité[2] » (du gaullisme) vinrent le libéralisme éclairé puis le socialisme, puis l'abjuration du socialisme, puis le libéralisme et son rejet deux ans plus tard, suivi d'un socialisme tempéré puis du néo-gaullisme, du jospino-socialisme, du on ne sait pas très bien quoi. On dira comme Alfred de Vigny que « Tout gouvernement est le symbole agissant d'une grande pensée arriérée ».

---

1. Schwartzenberg, 40 points au Scrabble! (Dommage que ce soit un nom propre!)
2. C'était le slogan de Georges Pompidou dans la présidentielle de 69 où il affronta Alain Poher au second tour.

L'âge du capitaine

> « *Dans l'hypothèse que j'appelle de* mes vieux. »
>
> *Fatal error (lapsus linguae)*
> de Lionel Jospin (AFP, 18 mars 2002)

Michel Platini, dans sa grande sagesse, notait un jour : « Les joueurs passent mais les journalistes sportifs restent, c'est le drame de l'équipe de France. » La vie politique française ne connaît pas ce drame. Les joueurs ne passent pas. Les jours s'en vont, ils demeurent, et les journalistes politiques restent. À la triste exception de Danièle Breem et d'Albert Du Roy. On se demande parfois si Alain Duhamel, Jean-Pierre Elkabbach ou Olivier Mazerolle n'étaient pas déjà là avant même l'invention de la télévision, si Jacques Julliard et Jean-François Kahn officiaient sous Vincent Auriol et combien de chefs de gouvernement ont livré leurs confidences à Christine Ockrent, Arlette Chabot ou Michèle Cotta.

La France possède ce privilège extraordinaire d'avoir été dirigée jusqu'au printemps 2007 par un président qui était chef de l'exécutif au temps de Tito, Mao, Brejnev et Nixon. Quoi d'étonnant ? Quand on regarde la France au fond des yeux, comme aimait à le faire Valéry Giscard d'Estaing, qu'est-ce qu'on y voit ? Un électorat vieillissant et terriblement nostalgique. Avant, c'était mieux, sous Pompidou, sous de Gaulle, en mai 68, en mai 1981, mieux même sous Pierre Mauroy (ou Bérégovoy). Vous allez dire que de Gaulle avait 75 ans pour sa première élection au suffrage universel direct et que Pétain reçut les pleins pouvoirs à 84 ans, 2 mois et 16 jours. Soit, mais Tony Blair est parti parce que trop vieux à 54 ans. En Espagne, Aznar devint Premier ministre à 43 ans en 1996 et Zapatero son successeur en 2004 avait le même âge. Le concurrent conservateur de Tony (David Cameron) affichait 38 ans au compteur.

La France a connu deux fois une poussée acnéique de jeunisme. Elle a en a guéri : 1) en 1974, les Français s'étaient choisi un président de 48 ans à peine. Erreur réparée la fois suivante en 1981 avec un président de 65 ans ; 2) en 1984, François Mitterrand avait fait don à la France d'un Premier ministre de 37 ans et 11 mois, Laurent Fabius, ce qui eut le don d'exaspérer l'antépathe *Calment* Raymond Barre : « J'espère qu'en dehors de sa jeunesse M. Fabius a des qualités moins éphémères[1]. » Erreur corrigée deux ans plus tard avec un successeur de presque vingt ans de plus.

Les moussaillons de la droite autrefois juvéniles, les Léotard, Noir, Longuet, Carignon, Barzach ont coulé corps et âmes, et, à gauche, les éléphants du PS ont pris du poids et des rides, même Fabius, malgré son régime carotte, pour se transformer en mammouths immarcescibles[2].

---

1. Ce qui eut le don aussi d'enthousiasmer un antépathe *Dumas*, Max Gallo, déjà *Fier d'être français*, qui avait écrit avec un sens de l'hagiographie combiné à un réel talent pour l'arithmétique : « Quand on songe que Laurent Fabius aura 54 ans en l'an 2000, on comprend qu'il puisse être en harmonie avec les problèmes de ce temps et décidé à les maîtriser. » *La Troisième Alliance. Pour un nouvel individualisme*. Paris, Fayard, 1984.
2. Adjectif hors d'âge affectionné par Mitterrand, dont vous

Les chiffres, comme la terre[1], ne mentent pas. En 2002, cinq des six premiers candidats classés à l'élection présidentielle dépassaient largement la soixantaine. Dans l'ordre : 1. Chirac, 69 ans et demi ; 2. Le Pen, 74 ; 3. Jospin, 65 ; (…) 5. Laguiller, 62 ; 6. Chevènement, 63. Seul Bayrou, du haut de ses 51 ans, faisait figure de premier communiant. La tendance est constante depuis 1974, la moyenne d'âge du tiercé de tête monte inexorablement : 55 ans en 74, 57 ans en 81, 64 ans en 88 et en 95 pour culminer, en 2002, à 69 ans et 6 mois. Et en 2007, nous ne sommes pas passés si loin d'un nouveau podium Jospin-Le Pen-Chirac qui aurait pulvérisé le record à 74 ans et demi. Les Italiens nous ont déjà battus sur ce coup, comme au football en 2006. Cette année-là, ils avaient élu, le 10 mai, un président de la République de presque 81 ans, Giorgio Napolitano, né le 29 juin 1925.

En lisant et en écrivant

Que font les hommes politiques en vacances ? Baignades ? Pétanque ? Barbecue ? Randos ? Drague ? Châteaux sur la plage ? Pastagas ?… Eh, bien non ! De la Corrèze au Zambèze, de Dunkerque à Taman-

---

connaissez la définition puisque vous avez fait le test de la page 67.

1. « La terre ne ment pas », devise de Jules Méline, président du Conseil de 1896 à 1898, protectionniste et ami des plantes.

rasset et du Cap-Ferret à Brégançon, ils lisent et ils écrivent. Attention, pas n'importe quoi. Ils ne lisent ni BD, ni pavés sulitzeriens, ni SAS, ni Dan Franck. Ils n'écrivent ni cartes postales ni bluettes. Non. Tel François Mitterrand plongé dans l'œuvre de Julien Gracq, ce soir du 10 mai 1981, solitaire et songeur, alors que 8 heures sonnaient, dans la pénombre de sa chambre de l'*Hôtel du Vieux Morvan,* et que la France s'apprêtait, selon le mot fameux de Jack Lang, « à franchir la frontière qui sépare la nuit de la lumière », les hommes politiques se jettent sur la littérature historique comme des navets sur de l'engrais, pour mieux pousser. Ils lisent, pardon relisent – c'est vrai qu'ils ont lu tous les livres, hélas, mais aiment à les relire –, Tocqueville, Saint-Simon, le cardinal de Retz, Suétone, Épictète [1]... Et s'ils se contentaient de lire! Mais non. Ils éprouvent aussi l'urgence d'écrire. Quoi? Des histoires? Non de l'Histoire pour comprendre la braudelienne identité française. Ainsi la bibliothèque idéale de l'amateur d'Histoire se compose non seulement des œuvres de Duby, Orieux, Le Goff, Michelet, Soboul ou, pour les plus modestes, de Castelot et Decaux mais aussi des publications essentielles de députés Verts, d'ex-ministres UDF ou d'édiles socialistes. Ils se rassemblent, toutes tendances confondues, unis dans la diversité [2] – mais l'antépathie est transpolitique –,

1. Sauf François Hollande, si on en croit *Paris-Match*: lui lit en vacances *L'Histoire de France pour les nuls.*
2. Selon la belle devise de l'Union européenne, qui a fêté le 25 mars 2007 les cinquante ans du traité de Rome. Devise qui fut naguère celle des Habsbourg.

empilés dans les librairies aux côtés des maîtres de l'université et du savoir. Comment font-ils ? Où trouvent-ils le temps de rechercher des sources, lire les textes, comprendre ces siècles qui ne sont pas les nôtres ?

Jacques Attali, mondain multidimensionnel, conseiller professionnel, banquier occasionnel, philosophe institutionnel, diariste obsessionnel, écrivain promotionnel, bavard inconditionnel, a donné un jour cette réponse à Bernard Pivot qui s'extasiait qu'un homme si occupé pût écrire autant : « Je me lève à 4 heures tous les matins, et j'écris jusqu'à 7 heures. – Et vous n'êtes pas fatigué ? avait demandé, plein de sollicitude, l'homme d'*Apostrophes*. – Non, répondit Attali, c'est biologiquement possible. »

Imparable.

Arrêtons-nous un instant à la bibliothèque Médicis[1] devant les rayonnages de chêne (le chêne, comme la terre, ne ment pas) où s'épanouissent les plus belles feuilles de la littérature historico-politicienne de ce pays. Et jouons un peu : à gauche, seize auteurs politiciens, en majorité de droite ; à droite, seize personnages historiques. Qui a écrit sur qui ? Rendez à César ou du moins à ces Césarions ce qui leur appartient. Attention, il y a un intrus de chaque côté.

---

1. Celle du Sénat, décor chargé d'Histoire, où officie excellemment sur la chaîne Public Sénat Jean-Pierre Elkabbach.

Auteurs politiques	Personnages historiques
Robert Badinter (né en 1928)	Laurent le Magnifique (1449-1492)
Édouard Balladur (né en 1929)	André Malraux (1901-1976)
Dominique Baudis (né en 1947)	Georges Mandel (1885-1944)
François Bayrou (né en 1951)	Alexis de Tocqueville (1805-1859)
Pascal Clément (né en 1945)	Condorcet (1743-1794)
Michel Delebarre (né en 1946)	Jean Bart (1650-1702)
Laurent Fabius (né en 1946)	Cicéron (106-43 avant J.-C.)
Hervé Gaymard (né en 1950)	Charles-Louis Napoléon Bonaparte (1808-1873)
Alain Juppé (né en 1945)	Montesquieu (1689-1755)
Jack Lang (né en 1939)	Machiavel (1469-1527)
Noël Mamère (né en 1948)	Napoléon Bonaparte (1769-1821)
Gilles de Robien (né en 1941)	Henri d'Orléans, duc d'Aumale (1822-1897)
Nicolas Sarkozy (né en 1955)	La Garonne au XIXe siècle
Philippe Séguin (né en 1943)	Victor Fialin, duc de Persigny (1808-1872)
Dominique de Villepin (né en 1953)	Henri IV (1553-1610)
Éric Woerth (né en 1956)	Raimond VI de Toulouse (1156-1222)

Ce goût pour l'Histoire qui a saisi nos grands hommes présente des avantages considérables :

– en se transformant en historiens, les hommes politiques adressent d'abord un message d'espoir à l'électorat antépathe, majoritaire dans ce pays : je vous ai compris et le XXIe siècle sera celui des grands hommes de l'histoire de France ou ne sera pas ;

– en s'épargnant l'écriture de manifestes politiques aux propos et aux titres convenus *La France face au monde, Ma vérité, La Réforme en France, Voies et Moyens du redressement, Pour une France (qui gagne, qui change, qui avance, plus juste, plus forte, plus unie, plus mieux – au choix)* ils s'ouvrent des plateaux de télévision et des pages littéraires auxquels ils n'auraient jamais eu accès. Et, surtout, ils s'évitent le bide en librairie qui accompagne le genre d'opus que, trop longtemps, ils se sont crus obligés de produire pour se donner de l'épaisseur. Maintenant, l'épaisseur politique et le (petit) succès littéraire s'obtiennent en sortant un pavé sur Philippe le Bel ou sur Queuille[1] ;

– enfin ils ne s'exposent ni à la vérification ni à la contestation.

Bref, c'est du *win-win,* du gagnant-gagnant. Sauf pour « les chênes qu'on abat », ces forêts qu'on dévaste pour éditer tant et tant de pages pour des œuvres vouées au pilon. Halte à la déforestation sau-

---

1. Henri Queuille (1884-1970), président du Conseil, élu de Corrèze un peu avant Jacques Chirac, et dont l'excellente devise était : « Il n'est pas de problème si ardu que l'absence de solution ne puisse pas résoudre. »

vage provoquée par la littérature historico-politique ! Le président Chirac, écolo, lui, a toujours préféré le haïku à la prose épaisse, le bonsaï aux pins des Landes. Et qui l'en blâmerait ? C'est un peu d'oxygène qu'il a choisi de préserver :

> *Le pommier qu'on abat*
> *Tombe*
> *Dans les pommes*

À propos de gagnant, voyons si vous avez trouvé les bonnes réponses à notre jeu des biographes politiques. Éric Woerth était un piège, mais pas un intrus. Non seulement, cet homme existe pour de vrai[1], mais en plus on lui doit un *Duc d'Aumale, prince collectionneur* paru en juin 2006. Le duc d'Aumale est célèbre pour la prise de la smala d'Abd el-Kader en 1843, qui inspira Pierre Dac et Francis Blanche dans le sketch du Sar Rabindranath Duval. Les deux intrus étaient faciles à identifier puisque j'avais promis page 157 d'en finir avec le latin : Cicéron sur qui nul élu n'a écrit et Fabius qui n'a écrit que sur lui-même. Pour le reste : Badinter-Condorcet (un contrepet), Balladur-Machiavel (étonnant, non ?), Baudis-Raimond de Toulouse (fastoche), Bayrou-Henri IV (béarnais), Clément-Persigny (introuvable sauf pour les natifs de Saint-Germain-Lespinasse, Loire), Delebarre-Bart (dunkerquois), Juppé-Montesquieu (bordelais), Gaymard-Malraux (pas évident), Lang-Laurent le Magni-

---

1. Secrétaire d'État à la réforme de l'État, un poste oxymorien, du gouvernement Raffarin.

fique (tautologique), Mamère et les gens de Garonne (béglais), Robien-Tocqueville (pas facile), Sarkozy-Mendel (inexplicable), Séguin-Napoléon III (soit!), Villepin-Bonaparte (mêmes destins?).

Le contresens de l'histoire

Depuis l'échec de la regrettée «nouvelle société» de Jacques Chaban-Delmas et des non moins regrettés nouveaux libéraux de François Léotard, sans parler de la très éphémère et oubliée «Nouvelle France» de Jacques Chirac en 1995, la politique française a compris qu'il valait mieux laisser du temps au temps. Tony Blair avait rebaptisé son parti: le New Labour. Vérité au-delà du Channel, Coco, contresens de ce côté-ci de la Manche. En France, l'adjectif *nouveau* est purement et simplement interdit par la Constitution, au nom du principe de précaution. Au demeurant, les jours s'en vont, tout demeure. Les Français disposent grâce au gaullisme d'une carte orange toutes zones de la pensée politique. Non, pas orange, c'est une couleur trop révolutionnaire. Disons une carte bleue, vermeil, et même vitale, avec laquelle des mendésistes aux ex-maos, on peut circuler, doté d'un paquetage idéologique garanti tout terrain, sur des sentiers de petite randonnée, bien balisés: le gaullisme, c'est du prestige et du vestige garantis, de l'authentique à la saveur d'antan. Il est bon de relire, quand on doute, la prose du Général: «Toute ma vie, je me suis fait une *certaine* idée de la France.»

Certaine... Lui au moins avait des certitudes.

Modèle de discours pour un candidat à la présidentielle, voulant être élu par un électorat majoritairement antépathe

Françaises, Français,
Je vous ai compris.
Comme l'écrivait si justement le plus grand de nos plus illustres anciens, Jean Jaurès, Pierre Mendès France, Jean Monnet, Georges Pompidou *(au choix)*, « l'avenir n'est écrit nulle part ». Alors pourquoi faudrait-il promettre aujourd'hui, comme le fit Jean Monnet, du sang, de la sueur et des larmes ? À quoi bon risquer d'avancer dans la mauvaise direction, alors que nous pouvons, tous ensemble, reculer dans la bonne ? Force est de constater que nos concitoyens ont toujours su, aux heures les plus glorieuses de notre Histoire mais aussi *(baisser la voix)* en ses heures les plus sombres, retrouver dans leurs racines profondes l'énergie qui leur a toujours fait surmonter les épreuves.

Le peuple de France vient de nous adresser, à nous responsables politiques, un message formidable plein de lucidité et de bon sens, ce bon sens dont Blaise Pascal disait qu'il était si bien partagé. Je suis de ceux qui pensent, en effet, que les Français en ont assez qu'on leur parle des défis de la mondialisation, des chocs du futur, des lendemains difficiles. Nous nous sommes trompés, je n'ai pas honte de la repentance. J'ai le sentiment que, dans ce monde si incertain, les Françaises et les Français ont d'abord besoin que les responsables politiques leur parlent d'eux-mêmes. Parlons de nous, tout de suite. François Mitterrand (et Dieu sait si je n'ai pas toujours été d'accord avec lui) avait écrit *Ici et Maintenant*. C'était il y a trente ans. Nul doute qu'aujourd'hui, lui qui comprenait cette vieille terre de France, qui, des pins des Landes aux chênes de Cajarc, le lui a toujours rendu au centuple, il aurait choisi un autre titre : Là-bas et avant.

Vous n'êtes pas sans ignorer que notre administration, digne de sa tradition républicaine et fidèle à son sens du service public, a, la première, ouvert très largement les portes de son histoire pour y faire entrer notre passé. Je veux saluer d'abord notre Sécurité sociale, à laquelle chaque Français et chaque Française est si viscéralement attaché depuis la Libération et qui, avant tous les autres, dès 1973, à la fin des Trente Glorieuses, a créé un Comité pour l'histoire de la Sécurité sociale. Et ce formidable élan donné, un véritable big-bang de la pensée et de la réflexion administrative nous offrit quelques années plus tard, au sein même du ministère de la Culture, un comité pour l'Histoire du ministre de la Culture. Il y avait là, je cite le communiqué officiel, « la conviction qu'une administration se doit de réfléchir sur elle-même, sur son passé, sur ses racines pour comprendre son présent et préparer l'avenir ». Honneur soit ici rendu au CHATEPF, le Comité d'histoire des administrations du Travail, de l'Emploi et de la Formation professionnelle[1]. Saluons l'initiative du ministère des Finances qui a donné aux contribuables français ce qu'ils n'osaient espérer: le CHEFF, le Comité pour l'histoire économique et financière de la France. Et puis je ne peux pas ne pas passer sous silence l'admirable action conduite par l'École nationale d'administration, notre ENA créée par Michel Debré, parfois moquée mais qui a su démontrer sa capacité d'adaptation au monde moderne en se dotant en 1999 d'un Comité pour l'histoire de l'ENA. Enfin, je rappelle la création en novembre 2001 d'un Comité d'honneur pour l'élaboration d'un mémorial du franc français[2]. Je ne dirai qu'un mot: ces comités pour l'histoire ne sont rien d'autre que des comités de salut public!

Il est vrai que notre administration, fidèle à sa tradition de réserve, de mutisme même, est restée trop discrète sur toutes ces initiatives citoyennes. À n'en pas douter, les sans-papiers qui font la queue devant la préfecture de police, les chômeurs, hélas trop nombreux par la faute de la politique (ultra-libérale ou socio-communiste – c'est selon) du gouvernement, qui attendent le ticket à la main que leur numéro s'affiche au comptoir des ANPE, les

1. Créé par arrêté du 5 mars 1996.
2. Afin «d'entretenir le devoir de mémoire du franc après sa disparition consécutive à l'introduction de l'euro comme monnaie unique européenne, de recueillir des adhésions et des dons destinés à l'érection *(sic)* d'un monument commémoratif et à organiser des manifestations rappelant l'existence du franc dans l'histoire française».

patients piétinant de longues heures aux caisses de sécurité sociale, tous les assujettis, les usagers, les cotisants, les redevables, les ressortissants, les assurés sociaux, les électeurs, les ayants droit, les allocataires, les contribuables, les administrés verraient leur attente rendue soudain plus sereine, plus remplie d'espoir, pour reprendre le beau titre du roman de Camus *L'Espoir,* s'ils avaient conscience que, de l'autre côté de l'Hygiaphone, se tiennent des hommes et des femmes, recrus d'Histoire, penchés vers leurs racines, qui ne délivrent pas de simples récépissés, mais revisitent en les restituant les gestes immémoriaux des employés de notre administration qui a su résister aux mirages trompeurs d'une pseudo-modernité dont on voit bien où elle mène.

C'est riche de ce passé auquel les Français aspirent, fort de cette identité éternelle dans laquelle la France, fille aînée de l'Histoire, a été façonnée que je veux vous dire mes projets pour une France tranquille (ou paisible, si l'on est giscardien).

Le premier acte fort de mon gouvernement sera la création d'un grand ministère de l'Histoire : son rôle sera de définir le sens de l'Histoire mais aussi sa signification. Pour symboliser notre volonté d'entrer de plain-pied dans ce siècle, dont Sartre disait qu'il serait religieux ou ne serait pas, je propose de ritualiser un temps fort de retour vers nous-mêmes, de retour en nous-mêmes. Aussi, je ferai voter par le Parlement une loi instaurant, après la journée commémorant l'armistice du 8 mai 1945, après la journée de célébration de la déclaration Schuman du 9 mai 1950, après la journée nationale de commémoration de l'abolition de l'esclavage du 10 mai, une journée nationale de toutes les commémorations où, chaque 11 mai, la Nation pourra célébrer ceux pour qui la République a omis d'octroyer une journée particulière [1]. Une journée citoyenne pour les sans-papiers de l'Histoire oubliés par notre calendrier républicain.

Dès mon élection, je ferai procéder à un audit complet du nom de toutes les places, rues et artères de nos villes et de nos villages qui sera réalisé par un Haut Conseil de l'évaluation des plaques officielles afin que nul usurpateur, traître à la patrie, négrier n'y figure plus comme le fit trop longtemps de façon infâme Richepanse [2]. Pourquoi y a-t-il une rue de La Pompe à Paris ? Qu'a donc fait ce La Pompe pour

---

1. C'est le rôle du Haut Comité des célébrations nationales, créé en 1998. Outre son président Jean Leclant, secrétaire perpétuel de l'Académie des inscriptions et belles-lettres, composaient cette instance : Maurice Agulhon, Gilles Cantagrel, Jean Delumeau, Jean Favier, Marc Fumaroli, Pierre Nora, Pascal Ory, Emmanuel Poulle, Jacques Thuillier, Claire Salomon-Bayet et Jean-Noël Jeanneney. « Le HCCN a pour mandat de faire toute proposition concernant la commémoration des événements importants de l'histoire et les orientations de la politique des célébrations nationales. Il sélectionne des anniversaires de personnalités ou d'événements correspondant à des multiples de cinquante ou cent ans (...). Chacun des anniversaires considérés dignes d'être inscrits sur cette liste doit être porteur d'un message pédagogique et civique, (...). Cette liste doit permettre de découvrir des hommes ou des événements injustement oubliés et qui méritent cependant d'être célébrés. »

2. La rue Richepanse dans le IIe arrondissement de Paris fut débaptisée par le conseil municipal de Paris pour devenir la rue du Chevalier-de-Saint-Georges. Le général Richepanse fut le sanglant « pacificateur » de la Guadeloupe en 1802.

mériter de donner son nom à un tracé qui unit les avenues de deux des plus grands Français du XXe siècle, Foch et Paul Doumer ? Qui sont ces Lilas blancs pour avoir droit à leur boulevard à Marseille ? Pourquoi un boulevard de Strasbourg à Toulon et pas de boulevard de Toulon à Strasbourg ?

Des fouilles seront entreprises sous le palais de l'Élysée, sous le palais Bourbon et sous le palais du Luxembourg afin que soient mises enfin à nu, comme les Français y ont droit, les véritables racines du pouvoir.

Et pour que cède enfin, près de vingt ans après le mur de Berlin, le fossé qui sépare nos générations, les Maisons des jeunes et de la culture seront remplacées par des Maisons des futurs anciens, des anciens et de la culture.

Dans chaque mairie, une cellule de soutien psychologique viendra en aide aux traumatisés de l'Histoire. Ceux qui n'ont pas pardonné à l'Allemand Harald Schumacher son geste ignoble de Séville en juillet 1982[1] aussi bien que ceux qui, pendant leur scolarité, ont été victimes des professeurs d'une histoire officielle qui leur mentait. Bien entendu, tous les soins dermatologiques pour soigner les brûlures de l'Histoire seront pris en charge à 100 %.

Je propose la création d'un Code national de l'Histoire, qui rétablira la vérité historique. Nous n'acceptons plus la chape de silence qui s'est abattue sur

---

1. Harald Schumacher, gardien de but de l'équipe d'Allemagne, auteur d'une grave agression non sanctionnée contre le joueur français Battiston, lors de la demi-finale de Coupe du monde 1982, perdue par la France aux tirs au but.

le masque de fer. Nous devons savoir la vérité sur Louis XVII et sur la bête du Gévaudan. Ce Code prendra place aux côtés du Code civil et du Code du travail comme un élément constitutif de notre ordre social. Nous aurons alors un formidable outil, que le monde entier nous enviera pour lancer les états généraux de la repentance. *(baisser la voix)* Il nous appartiendra, et cela sera, je le sais, douloureux, de rouvrir les pages les plus noires de notre Histoire pour présenter les excuses du peuple français. Un peuple qui s'excuse est un peuple qui s'accuse, comme dirait Eugène Zola. Nous dirons pardon aux Francs pour leur guerrier décapité par Clovis, à Soissons. Nous dirons pardon aux Slovaquiens pour l'ours slovène des Pyrénées abattu par un chasseur. Pardon aux Autrichiens à cause de Marie-Antoinette. Pardon aux Écossais pour Marie Stuart que nous avons si mal traitée. Pardon aux Égyptiens de leur avoir pris l'Obélisque. Pardon aux Belges de toujours les moquer. C'est ainsi que notre pays repentant, comme les bourgeois de Calais sculptés par Renoir, sera fidèle « à cette certaine idée de la France » qu'exprimait si bien Clemenceau.

Enfin, pour aider à renforcer le devoir de mémoire, les enfants des écoles apprendront par cœur tous les couplets de *La Marseillaise*. À la cantine, il leur sera servi tous les jours du poisson rempli de phosphore. Et pour le goûter sera organisée, dans les cours de récréation, une distribution de Memorex. Car aussi bien, comme l'avait compris Marcel Dassault, il n'est de richesses que d'hommes.

Et je n'oublie pas ce que nous devons à nos anciens.

Un vieillard qui meurt de la canicule, c'est une bibliothèque qui brûle, a écrit Marcel Proust. Aussi, nous lèverons un impôt de solidarité pour combattre la canicule et aussi la terrible maladie d'Alzheimer qui s'attaque à la mémoire. Enfin, je veux vous annoncer une bonne nouvelle que les Français attendaient depuis près d'un siècle, j'ai décidé de nommer ministre d'État, chargé de la mémoire et des anciens combattants, monsieur Marius Castambide, cent onze ans, le dernier poilu vivant et à ce titre le premier des Français. Oui, pour paraphraser Chateaubriand, s'il n'en restait qu'un, ce serait celui-là. C'est parce que nous serons plus forts de nos racines, plus sûrs et plus fiers de notre passé que la France – c'est un vieux pays, la France, d'un vieux continent comme le nôtre, l'Europe[1] –, que notre vieille France pourra se dresser seule face au grand vent de la mondialisation.

Ensemble, nous franchirons le passage incandescent entre l'Histoire brisée, l'Histoire martyrisée, et l'Histoire enfin libérée.

---

1. On peut aussi relire le discours de Dominique de Villepin à l'ONU du 14 février 2003.

Le projet de passé a envahi la vie politique. Rappelez-vous 69, année érotique, pour Gainsbourg et Birkin, et d'élection pour Georges Pompidou. Voilà un président de son temps, le début des *seventies*, qui décide la création à Beaubourg d'un musée dédié à l'art contemporain. Les bourgeois, peu familiers de l'architecture industrielle, hurlent alors devant la hideur du bâtiment. Les bobos de l'époque applaudissent. On reste dans l'ordre des choses. Giscard arrive en 74, jeune et moderne, mais qui ne sait pas gouverner tous ses caprices. Lui aussi veut son musée. Et puisque le XXe est pourvu, il fabrique avec une vieille gare, quai d'Orsay, un musée du XIXe. En cinq ans, on recule d'un siècle. La machine arrière est enclenchée. Alors comment s'étonner si Mitterrand, en deux septennats, décida de s'en retourner plus loin encore jusqu'à la Rome antique en dotant La Défense d'une arche triomphale ? Moins deux mille ans d'un coup. Et il recula encore de trois cases avec une pyramide au Louvre et une Très Grande Bibliothèque[1], inspirée de celle d'Alexandrie. À ce

---

1. Les très petites œuvres sont-elles admises dans la Très Grande Bibliothèque ? Les livres de poche ? *Le Petit Prince* ? *La*

niveau de la compétition rétrospective, que pouvait donc faire Chirac en douze ans ? Le malheur voulut que François Pinault eût l'idée insensée de proposer à Paris [1] l'ensemble de ses collections contemporaines. Dans ce piège grossier, Chirac qui connaît sa France antépathe ne tomba pas. Pas de tentation de Boulogne. Le projet du président dépassait en audace tous ceux de ses devanciers et lui assurait une totale victoire : à l'été 2006, il inaugura le Musée des arts premiers, quai Branly. L'art premier, c'est comme le premier homme, il n'y en a pas d'autre avant. Oh, les puristes objecteront que beaucoup des œuvres exposées ne datent que du « temps béni des colonies » comme le chante Michel Sardou. Encore que le catalogue contient une figure anthropo-zoomorphique de style olmèque venue d'Oaxaca (Mexique) et qui remonte à 900 ou 600 avant J.-C. et donc à 2900-2600 avant notre JC. Lequel JC (Jacques Chirac) a sans doute trouvé là, pour satisfaire ses instincts antépathes, en plus du retour aux origines primitives, une autre forme de régression. Il est Tintin, le héros des jeunes de 7 à 77 ans, à la poursuite de la statuette à *l'oreille cassée* [2].

Petite Fadette ? *Le Petit Chose* ? *Le Petit Poucet* ? *La Petite Roque* ? *Le Petit Robert* ? *La Petite Marchande d'allumettes* ? Et surtout *Le Petit Livre rouge* de Mao ?
 1. En réalité, à la ville de Boulogne.
 2. Qui est la Castafiore ? J'attends vos propositions.

Fragments du discours politique

Une idée reçue d'une parfaite mauvaise foi voudrait que le discours politique se soit appauvri. C'est faux. Un vocabulaire original à fort pouvoir évocateur, empruntant aussi bien aux sciences modernes qu'aux savoirs anciens, s'est mis à parcourir tout le langage politique. Il était essentiel de changer les mots pour ne rien changer d'autre. Le changement (de vocabulaire) dans la continuité (politique). Le regretté Pompidou aurait aimé. Ah! Pompidou, ah! les Trente Glorieuses…

La société antépathe a donc éradiqué certaines expressions ignobles des années 80, ce temps inepte où la gauche voulait «changer tout» et où la droite prétendait faire la révolution libérale en proclamant «Vivement demain». Finis donc les révisions déchirantes, les réductions drastiques, les coupes sombres, les nouveaux défis et les nouveaux enjeux, les mutations profondes de ce monde qui change ou qui a changé.

Voici donc les mots essentiels à connaître pour pratiquer et comprendre la politique antépathe d'aujourd'hui. *«Ce ne sont que des mots bien sûr et les mots sont du vent, mais le vent pousse le monde»* (au choix: Dominique de Villepin, Jack Lang, Olivier de Kersauzon ou Maurice Barrès).

Les mots pour parler l'antépathiquement correct

DICTIONNAIRE PRATIQUE DES IDÉES POLITIQUES ET ANTÉPATHES REÇUES

Quels mots prononcer pour aller en arrière ou pour éviter d'avancer? Comment s'en servir?

Adulte: toujours dire pour commencer un discours sur le changement: «Les Français sont un peuple adulte.» Bien sûr, c'est un contresens sociologique.
Ancien: a remplacé le mot *vieux*, vieux un peu plus âgé qu'un senior. Ne pas confondre avec senior *(voir ce mot)*.
Ardente obligation: ne pas dire, «il est urgent de ne rien faire», utiliser «ardente obligation», plus gaullien et qui veut dire la même chose.
Bureaucrates: sont essentiellement à Bruxelles et ont trahi l'esprit des «pères fondateurs» de l'Europe. Ah, Jean Monnet! Ah, Robert Schuman! ils nous manquent.
Compétitivité: difficile à prononcer, difficile à expliquer et très difficile à entendre. Mot anti-antépathe. À éviter, donc.
Décélération: signifie que tout continue à aller encore plus mal qu'avant (chômage, délinquance,

déficit, chute du pouvoir d'achat) mais moins vite que prévu.
Devoir de mémoire: a remplacé le service militaire; obligatoire à tout âge.
Devoir de réserve: à invoquer pour avoir le droit de ne rien faire.
Diagnostic: dire « la France va mal » ou « la France m'inquiète » (par référence implicite à un avant plus heureux et plus glorieux).
Dommage collatéral: c'est ce qui arrive quand on essaie de changer les choses: un emmerdement de plus. Je vous avais pourtant bien dit qu'il ne fallait toucher à rien.
États généraux: comme avant, façon de discuter d'un (mauvais) état particulier: sécurité sociale, éducation, retraite, santé, etc. Une façon de donner du temps au temps pour pouvoir, à la fin, être assuré qu'aucune décision ne sera prise. Ne pas oublier de fêter le 5 mai 2009 le tricentenaire des premiers états généraux.
Europe: dire qu'elle sera européenne ou ne sera pas (Jacques Delors). Ah, Delors! Comme il nous manque.
Forum: version latine donc antépathissime d'« états généraux ».
Gaullisme: déplorer la médiocrité des temps présents, rappeler la grandeur des temps passés sous de Gaulle, s'attrister qu'il n'y ait plus de grands hommes, plus de volonté politique, plus de sens de l'intérêt général.
Impondérable et **incompressible**: adjectifs siamois bien utiles à la légitimation du *statu quo*. Attention

aux nuances. *Impondérable* : on voulait, mais on ne peut plus ; *incompressible* : on voudrait, mais on ne peut pas.

Message de mobilisation et d'espoir : rappelle Churchill et Malraux aux nostalgiques. À placer en début de discours pour annoncer des hausses d'impôts.

Munich (esprit de) : c'est quelque chose de très vilain ainsi qu'on le rappellera le 30 septembre 2008 pour le soixante-dixième anniversaire. À ne pas confondre avec le Munich (Bayern de). Ah ! le grand Bayern, du temps de Maier, Beckenbauer ou Gerd Müller.

Paradigme : substantif savant et aussi stendhalien qui fait beaucoup plus chic que « modèle ». Dire : « Il faut changer de paradigme. » Mais surtout n'en rien faire.

Pragmatisme : prononcer pra-gma-tisme, en détachant les syllabes. Dogme du non-dogme. Ni ni. Ni de gauche ni de droite. Signifie qu'il est urgent d'attendre.

Recomposition : une composition française, on se souvient de ce que c'était. Un rôle de composition, on imagine. La décomposition, spectacle peu ragoûtant, on peut en avoir une idée même si l'on n'a pas lu Cioran. Dire « La recomposition interviendra après une remise à plat du système » signifie qu'on n'est pas décidé à changer quoi que ce soit.

Réforme : dire : « Les Français y sont prêts mais elle ne sera possible qu'après une large concertation. » Pourquoi pas des états généraux de la réforme ?

Remise à plat : en principe, technique de change-

ment absolu qui s'appuie sur une forte volonté et exige un grand courage politique. Ne sera possible que lorsque les Français seront prêts. En pratique, c'est l'inverse. *S'il s'agit d'une énième réforme, là je le dis tout net, c'est non... On n'échappera pas à une remise à plat du système.*
Senior: pas encore assez vieux pour être ancien *(voir ce mot).*
Tourner le dos: pas au passé (glorieux et fécond) mais uniquement à ses errements du passé.
Verbatim: mot latin, réintroduit par Jacques Attali, remplace très avantageusement le trop contemporain compte rendu.

12. Les médias :
c'est pas nouveau, ça vient de sortir

Peut-on refaire Le Monde *en* 30 *minutes?*

(Alain Minc)

Prenons la température des médias. C'est «chaud bouillant», comme dit Thierry Gilardi, d'antépathie. Presse écrite (ce qu'il en reste), radios, télés, net sont des vecteurs de propagation du mal antépathe. Nous qui fûmes des enfants des *années July* et des *années Actuel,* commençons par le noble écrit.

Nous avons mis au point une méthode simple pour calculer le taux de contamination des médias. Prenons une semaine, au hasard, en juin (celle de mon anniversaire) et examinons quelques magazines. Quel est le pourcentage d'articles du journal entièrement dédiés à l'antépathie ? L'histoire, la nostalgie, les commémorations, la recherche des origines.

Il ne s'agit pas de démontrer mais de montrer. L'exercice est purement aléatoire mais signifiant.

Le Monde 2 *(n° 121) :* taux d'antépathie **51,7 %**. Total pages : 68 ; hors publicité : 58 pages dont 30 antépathes. Au sommaire : Il était une fois les vacances (en 1936) ; les grandes heures des Bleus ; Mozart ; les arts premiers ; les autochromes maures.

Paris-Match (n° 2979) : taux d'antépathie **25,5 %**. Total pages : 140 ; hors publicité et annonces : 98 pages dont 25 antépathes. Au sommaire : Marie-Antoinette ; les arts premiers ; le premier journal télévisé de François de Closets ; les photos de la photothèque de *Paris-Match* ; l'histoire de Coluche.

Le Nouvel Obs (n° 2171) : Taux d'antépathie **22,6 %**. Total pages : 124 ; hors publicité et petites annonces : 86 pages dont 19,5 antépathes. Au sommaire : Faut-il réhabiliter Judas ? ; Nos années July ; le Néandertal ; l'histoire du tableau de Courbet, *L'Origine du monde* ; Stendhal ; Cuvier ; l'histoire de la table.

Le Point (n° 1761) : taux d'antépathie **17,4 %**. Total pages : 132, hors publicité et petites annonces : 92 pages dont 16 antépathes. Au sommaire : éditorial sur le tricentenaire de Corneille ; la datation des figues sèches en 12 000 avant J.-C. ; Lady Di ; les arts premiers ; Villon ; Jean Genet ; Stendhal.

L'Express (n° 2867) : taux d'antépathie **16,1 %**. Total pages : 162, hors publicité et petites annonces : 90 pages dont 15,5 antépathes. Au sommaire : Tout savoir sur vos origines (10 pages) ; La leçon du XXe siècle par Élie Wiesel ; paléontologie : l'ancêtre du serpent ; Vichy.

Nous qui sommes des *Enfants de la télé,* allumons-la. Bonheur : des rediffusions. C'était si bien la télé d'avant (pour les détails des programmes, lisez votre magazine télé habituel). Re-bonheur : des vieilles émissions increvables: *Thalassa, Les Chiffres et les Lettres, Les Feux de l'amour*, le JT de PPDA. Et re-rebonheur: de l'Histoire. Car la télévision française se nourrit d'Histoire, à doses massives. Les programmes des dix-huit derniers mois ont « revisité » toutes les grandes périodes du passé. Passons sur les cours particuliers d'histoire proférés par *Les Mercredi de l'histoire* (Arte), les *Brûlures de l'histoire* (France 3), *Les Grandes Énigmes du passé* (France 2), *Le Dessous des cartes* (Arte) (c'est de l'histgé pur jus). Et attardons-nous sur l'agenda de l'histoire de France, tel que nous le déploient les téléfilms, séries, films rediffusés en boucle. On remonte aux origines avec France 3, *Sur la terre des géants* (moins 530 millions d'années avant notre ère) et *Homo Sapiens* (moins 300 000 avant J.-C.). On s'offre une orgie romaine en jupette avec *Rome*, la série événement de Canal+, avec *Hannibal, le plus grand ennemi de Rome* de France 2 et toujours sur France 2, *Gladiateurs, Le Lion du Colisée* et *Pompéi*. M6 se concentre sur le Ve siècle de *Kaamelott*. Le XIIe siècle est traité sur TF1 grâce aux *Visiteurs* toujours revisités. On arpente les XIIIe et XIVe avec les immortels *Rois maudits* (Direct 8 en version originale, puis le remake de Josée Dayan sur France 2 en 2005). On ose, sur le service public, Clavier en Napoléon. Et on overdose de IIIe République avec *Les Thibault, Jaurès,* et toutes les commémos de 14-18 dans la veine ou plutôt dans la tra(n)chée de *La Chambre des officiers* et d'*Un long dimanche de fiançailles*. Et on se refonde avec la Résistance et la Libération, *Jean Moulin* (TF1 et France 2), *L'Été 44*,

Le Jour le plus long (chaque année sur le service public), *Paris brûle-t-il ?* (chaque été au mois d'août sur France 3). Et on achève dans la gloire du gaullisme entre *C'était de Gaulle* et *De Gaulle intime*.

Et pour ceux qui préfèrent la « petite » histoire, il reste l'inépuisable gisement des faits divers réécrits et scénarisés, ces grandes affaires judiciaires du passé, longtemps propriétés exclusives du cher Frédéric Pottecher puis de Charles Villeneuve et aujourd'hui diffusés en série(s) de Landru à Dominici. De Mesrine à Marie Besnard. De l'affaire Grégory à l'affaire Francis Heaulme, des bonnes affaires pour l'Audimat.

Le jeu du copier-coller

La notion de concept – surtout s'il est fédérateur – est la clé du succès des programmes télévisés. Mais une clé encore plus difficile à trouver que celles planquées par Passe-partout dans *Fort Boyard*.

Un *concept,* c'est une idée d'émission. Exemple : on prend des apprentis chanteurs, on les met dans une classe avec un prof de chant, on les fait répéter, on les gronde, on les note et les meilleurs feront peut-être carrière. Vous dites, c'est le concept de la *Star Ac.* Vous avez tout faux ! Le concept a été inventé par Mireille en 1954 avec son *Petit Conservatoire de la chanson,* émission-culte de l'ORTF, par où sont passés Hugues Aufray, Françoise Hardy, Michel Berger, Yves Duteil, Alain Souchon... De quoi donner des perspectives aux Nolwenn, Élodie, Gregory, Magali ou Cyril.

Est *fédérateur,* tout ce qui peut rassembler les grands et les petits. Comme la *Star Ac* : regarder des ados brailler un tube des années 60, comme le bouleversant *La Musique* de Nicoletta plaît aux grands-mères qui revivent leurs soirées de l'été 1966 et aux petites filles de dix ans qui rêvent d'être un jour à la place des grandes en *prime.*

Chacun pressent, même sans être un lecteur averti de *Télérama,* que la facilité consiste à prendre un concept éprouvé et à le recycler. Ceux qui ont lu le chapitre 3 de cet ouvrage savent mieux que les autres que l'économie du RE, pauvre en idées neuves, repose sur la récupération de l'intarissable déjà fait, déjà lu, déjà publié, déjà vendu.

Nous sommes en mesure de vous révéler quatre trucs infaillibles pour une grille de programmes à succès garanti :

1. Avec une bonne archiviste et un montage minimal, vous vous garantissez un succès facile : Les best of (des émissions anciennes ou existantes), *Le Best of des best of, Les 100 Meilleurs Moments de télé, Les 100 Meilleurs Bêtisiers, Les 100 Moments d'émotion, Les 100 Gags de l'année télévisée, Les 100 Moments de sport de la télé, Les 100 Meilleurs Animateurs de télé, Les 100 Meilleurs Feuilletons, Les 100 Meilleures Émissions des 100 meilleurs, Le Grand Zapping de l'humour, de la chanson.* On regarde la télé qui regarde la télé regarder la télé et c'est sans fin. On triomphe à l'Audimat, et c'est bon.

2. Plus facile encore, l'émission récurrente : l'élection de Miss France, les matchs de la coupe d'Europe, la quinzaine de Roland-Garros, la soirée de L'Eurovision, le défilé du 14 juillet, le *Téléthon,* la soirée des Enfoirés, la remise des Césars, des 7 d'or, des Victoires (C'est géant. Putain, je suis super émue et je veux dédicacer à mon producteur et je veux vous dire que je vous aime, je vous aime très fort) et les feuilletons[1]. Il y a aussi les films récurrents : *Le Jour le plus long* (6 juin), *Paris brûle-t-il ?* (25 août), *Le Père Noël est une ordure* (chaque année en gavage pour Noël), mais comme dit Thérèse (Anémone) « quand c'est fin, ça se mange sans faim ».

3. Pour le panache, on peut tenter de créer du nouveau. Comment ? Toujours par le copier-coller, mais en changeant la police de caractères. Un don même très imparfait d'imitation suffit. Vous pouvez le faire.

Voici un jeu, facile et amusant, comme tous ces jeux de la télé qui élèvent l'esprit : *« Zidane est-il un footballeur ou un boxeur ? Si vous pensez qu'il est footballeur, répondez par SMS au 37-37-2, en tapant 1 sur votre téléphone. Si vous croyez qu'il est boxeur, tapez 2. Ceux qui auront la bonne réponse gagneront un écran plasma. »* Avec moi, vous ne gagnerez rien, sauf à rester fidèle à l'esprit de Pierre de Coubertin, l'essentiel est de participer, et peut-être trouverez-vous un sens à ce jeu.

Sur deux colonnes, voici, à gauche, des émissions

---

1. Savez-vous que *Star Trek* vient de fêter ses quarante ans ?

du passé, qui appartiennent à notre mémoire collective et, à droite, des émissions du XXIe siècle, qui toutes ont leurs racines mais pas leurs ailes chez leurs illustres devancières (pour ne pas dire qu'elles ont été carrément pompées, comme aurait dit Claude Piéplu dans les *Shadocks,* sur les modèles les plus anciens*).*

1) *Cinq Colonnes à la une* des Pierre Dumayet, Lazareff et Desgraupes, Igor Barrère, et Max-Pol Fouchet
2) *Le Petit Conservatoire de la chanson* de Mireille
3) *Intervilles*
4) *Droit de réponse* de Michel Polac
5) *Le Petit Rapporteur* de Jacques Martin
6) *Le Jeu de la chance* de Raymond Marcillac
7) *La Piste aux étoiles* de Roger Lanzac
8) *Thalassa*
9) *Le Divan* d'Henry Chapier
10) *Des chiffres et des lettres*
11) *L'Homme du XXe siècle* de Pierre Sabbagh
12) *Les Grands Enfants*
13) *La Chasse aux trésors* de Philippe de Dieuleveult

I) *On a tout essayé* (France 2)

II) *Le Canapé rouge* (France 2)
III) *Des chiffres et des lettres* (France 3)
IV) *Thalassa* (France 3)

V) *Envoyé spécial* (France 2)

VI) *Qui veut gagner des millions ?* (TF1)
VII) *Intervilles* (France 3)

VIII) *Star Academy* (TF1)
IX) *La Nouvelle Star* (M6)
X) *Les Enfants de la télé* (TF1)
XI) *Le Plus Grand Cabaret du monde* (France 2)
XII) *On ne peut pas plaire à tout le monde* (France 3)
XIII) *La Carte aux trésors* (France 3)

Vous avez compris le principe, il s'applique aussi à nos talentueux animateurs. À gauche, les parents de la télé, à droite les enfants de la télé. Demandez-vous qui est le fils spirituel (?) de qui.

A) Pierre Bellemare	a) Nikos Aliagas
B) Danièle Breem	b) Bataille et Fontaine
C) Albert Reisner	c) Christophe Barbier
D) Pierre Desproges	d) Stéphane Bern
E) Alain Duhamel	e) Guy Carlier
F) Michel Drucker	f) Benjamin Castaldi
G) Yves Mourousi	g) Arlette Chabot
H) Danièle Gilbert	h) Julien Courbet
I) Denise Glaser	i) Michel Drucker
J) Jacques Legras (*La Caméra invisible*)	j) Mireille Dumas
K) Guy Lux et Simone Garnier	k) Jean-Yves Lafesse
L) Jean Nohain	l) Jean-Pierre Pernaut
M) Léon Zitrone	m) Daniela Lumbroso
N) Les frères Rouland	n) Thomas Hugues et Laurence Ferrari

4. On peut être bien plus ambitieux et créer un nouveau concept. Voici le dernier produit de AP Productions (Antépathe Productions) spécialisée dans le recyclage des succès de la télévision. Un dialogue entre un producteur, celui qui a de l'argent et veut en gagner encore plus, et un auteur, celui qui a des idées et veut gagner de l'argent. J'ai bien dit « auteur », car pour la télé comme pour le fisc Molière et l'inventeur de *La Roue de la fortune* sont tous deux considérés comme faisant le même métier : auteurs[1].

L'AUTEUR : Allô, Denis. Ça va le faire cette fois-ci, j'ai un concept top, ça s'appelle « Des racines et des aïeuls ».
LE PRODUCTEUR : C'est un truc genre *Nicolas le jardinier* ? Des aïeuls, c'est pas des fleurs ?
L'AUTEUR : Mais non, les aïeuls, ça veut dire les grands-mères. C'est ça qui est fort avec ce titre. Avec le titre, genre France 3 intello, on a *Les Inrocks* avec nous et *Télérama*... Le concept est ultra fédérateur : on fait jouer les filles, les mères, les grands-mères d'une même famille.
LE PRODUCTEUR : Comme dans *Une famille en or* ?
L'AUTEUR : Oui mais nous, c'est pour le *prime*... Ça se passe en pleine forêt, dans un coin perdu, genre *Koh-Lanta*. On met une fille dans un arbre, accrochée dans les branches...
LE PRODUCTEUR : On va prendre une bimbo à gros seins. On repêchera dans le casting de *L'Île de la tentation*. Et je veux aussi des mecs bien gaulés, comme dans *Greg le millionnaire*.
L'AUTEUR : Euh, oui... Et en bas de l'arbre, y'a la mère et la grand-mère de la fille qui creusent pour trouver des racines parce qu'elles n'auront que ça à manger, des racines !
LE PRODUCTEUR : Avec les doigts, à mains nues, genre *Fear Factor,* avec des asticots, de la vase, des sangsues immondes !

---

1. Jean-Luc Godard constatait déjà, avec amertume, que Renault s'autoproclamait « créateur » (d'automobiles).

L'AUTEUR : Si tu veux. Mais, en creusant, elles doivent déterrer des racines et ce seront leurs propres racines qu'elles devront retrouver. Et il y en a un paquet de racines : 2 puissance n.

LE PRODUCTEUR : Rien compris.

L'AUTEUR : Six arbres. Six équipes grand-mère, mère, fille. OK ? Chaque équipe porte le nom de famille de la fille. Par exemple Christine Dupuis ou Corinne Dupont.

LE PRODUCTEUR : Je préférerais Susan ou Linette comme dans *Desperate Housewives*.

L'AUTEUR : OK. Chaque fille a une mère et un père qui ont des noms de famille différents. Et chaque père et mère ont chacun deux parents, etc. Bref, Linette, elle a deux parents, quatre grands-parents, huit arrière-grands-parents, seize arrière-arrière et ainsi de suite. Si on remonte à 1800, on a chacun 512 ancêtres et on en a plus de 100 000 en 1600…

LE PRODUCTEUR : C'est dingue…

L'AUTEUR : Chaque racine de l'arbre portera le nom d'un ancêtre. L'équipe qui gagne est celle qui arrivera à déterrer le plus grand nombre de racines. Comme dans *La Chasse aux trésors* !

LE PRODUCTEUR : Ou *Fort Boyard*. Et bien sûr, on fait jouer les téléspectateurs par SMS ou par téléphone : 3,78 euros l'appel plus 1,22 euro la minute.

L'AUTEUR : Oui, et chaque fois qu'on creuse, on déterre une nouvelle racine, on identifie une nouvelle lignée avec un nom de famille. Tous les téléspectateurs qui portent le même nom peuvent gagner. Par exemple Linette Dupont a une maman qui s'appelait Dupuis avant de se marier à

M. Dupont. Dupuis, c'était son nom de jeune fille. Et une grand-mère maternelle qui s'appelle Durand et ainsi de suite.

Le producteur : C'est fédérateur... mais il manque une épreuve. On devrait en plus poser des questions : genre une psychologique et une culturelle.

L'auteur : Comme dans *Questions pour un champion* ?

Le producteur : Mais non pas des questions intellectuelles, des questions culturelles comme dans *Qui veut gagner des millions ?* La question psychologique serait comme dans *Y a que la vérité qui compte* : maman de Linette pouvez-vous avouer au jury (oui il faudra un jury comme dans les Miss France) si oui ou non Linette est vraiment votre fille ?

L'auteur : Et après ?

Le producteur : Une pub, une bande-annonce, une autre pub, un numéro d'appel pour faire voter les téléspectateurs... On tient notre truc, mais il manque du sexe, comme dans *Sex and the City*. Il faudrait que la fille sur son arbre elle refasse le coup du *Loft*. Comme Loana. Mais pas dans la piscine ! Cette fois-ci, ce serait dans les branches. Un couple qui nique dans un arbre, c'est encore plus fort que chez Sébastien.

L'auteur : Euh ! Bon, si tu veux, on va scénariser quelque chose.

Le producteur : Il faudrait aussi de l'élimination comme dans *La Nouvelle Star*. On pourrait faire tomber une fille de son arbre chaque semaine, comme dans *Vidéo gag* ou comme dans *Chocs*.

L'auteur : T'es sûr ?...

Le producteur : Il faudrait aussi du pluriethnique. Comme dans *Survivor*. Je veux une famille africaine, une sépharade, une latino, une auvergnate, une bretonne, une d'Afrique du Nord, une polonaise. Putain, ça fait le jeu des 7 familles. On fait ça en Eurovision comme le *Grand Prix de l'Eurovision*. Et on vend ça partout. Trop fort, le concept. Les sept familles... Et on ajoute du pipeul. Comme dans *La Ferme célébrités*. On met des pipeuls dans les arbres. Herzigova qui est tchécoslomatienne, Danièle Gilbert l'Auvergnate, Lio qui est portugaise, Massimo pour les Ritals, Birkin pour les Anglais et Poelvoorde pour les Belges. Et si ça se trouve, ma gardienne d'immeuble, elle va découvrir qu'elle a les mêmes ancêtres que Doc Gyneco ou Nolwenn. Trop fort. On appellera ça « La grande famille ».

L'auteur : Ç'a déjà été pris par Canal. Non, on pourrait appeler ça « Des familles entières dans les arbres ». Un peu Duras...

Le producteur : Non, j'ai une idée : « Alors tu descends ? » Tu vois la feinte : je descends de l'arbre et je descends de Napoléon.

L'auteur : Denis, c'est excellent. Tu es très en forme.

Le producteur : À la fin on fait une grande fête de toute la famille recomposée. Et on fait venir les vainqueurs de la *Star Ac* et de *La Nouvelle Star* pour faire l'animation. C'est Arthur et Dechavanne qui présentent avec une bimbo comme chez Ardisson...

L'auteur : Il faudrait peut-être un grand témoin. Sur les familles, la généalogie, l'histoire...

Le producteur : Jacques Martin, ça le fait pas. Alors Johnny, lui aussi a plein de généalogies…

Zappons à autre chose et n'hésitons pas à éteindre le poste. Pour les plus ludophiles d'entre vous, vérifions les réponses à notre jeu gratuit, sans obligation d'achat, ni de cadeau.

Réponses
pour des champions

Vous les attendiez, les voici enfin.

LES ÉMISSIONS

1V, 2VIII, 3VII, 4XII, 5I, 6IX, 7XI, 8IV, 9II, 10III, 11VI, 12X, 13XIII

Pour ceux dont la mémoire télévisuelle n'est plus très vive et qui contesteraient, voici quelques explications
1) *Cinq Colonnes à la une* et *Envoyé spécial* : un reportage d'actualité suivi d'un débriefing.
2) *Le Petit Conservatoire* et la *Star Ac*, il suffisait d'avoir lu le paragraphe précédent.
3) *Intervilles* lancé le 19 juillet 1962 avec Guy Lux et Simone Garnier, « En voiture, Simone ! », et *Intervilles* ressuscité (en 1995 sur TF1 avec Jean-Pierre Foucault, Fabrice et Thierry Roland, en 2005 sur France 2 avec Nagui et Robert Wurtz, puis en 2006 sur France 3).
4) *Droit de réponse*, 1981, l'émission où tout le monde s'engueulait, sous la pipe bienveillante de Michel Polac et le regard béant de Laure Adler, a son double, *On ne peut pas plaire à tout le monde* où les invités qui n'avaient pas le droit de répondre

se faisaient engueuler sous la langue belligérante de Fogiel et le regard placide de Guy Carlier.
5) *Le Petit Rapporteur* de Jacques Martin (1975) est le père spirituel d'*On a tout essayé* de Laurent Ruquier – blagues, reportages et déconnades. (Chacun a son idée sur la question de savoir si les castings sont comparables : Stéphane Collaro, Pierre Desproges, Pierre Bonte, Daniel Prévost avant, et Isabelle Alonso, Gérard Miller, Christine Bravo et Steevy aujourd'hui.)
6) *Le Jeu de la chance* présenté par Raymond Marcillac et Roger Lanzac en 1965 (connu seulement des seniors) donnait sa chance à des apprentis chanteurs à qui le public, en votant, permettait de rester une semaine de plus, comme dans *La Nouvelle Star*. Mireille Mathieu (qui gagna comme Thierry Le Luron) fut ainsi la Lucy préhistorique annonçant les L5.
7) *La Piste aux étoiles* de Gilles Margaritis, animée par Roger Lanzac et accompagnée par le grand orchestre de Bernard Hilda présentait des numéros de cirque et de music-hall comme *Le Plus Grand Cabaret du monde* de Patrick Sébastien.
8) *Thalassa* lancée en septembre 2005 n'a pas coulé et ses animateurs sont toujours à bord. *E nave va.*
9) *Le Divan* d'Henri Chapier où la star s'allongeait et le *Canapé rouge* de Michel Drucker où la star pose ses fesses sont une déclinaison du même concept de canapé convertible. Seul le vendeur a changé.
10) *Des chiffres et des lettres* – c'était un piège – sont toujours *Des chiffres et des lettres*.

11) L'Homme du XXe siècle, une des premières émissions de culture générale présentée par Pierre Sabbagh, suivie par beaucoup d'autres sous Pierre Bellemare, nous mène à l'excellent Jean-Pierre Foucault.

12) Les Grands Enfants de Georges Folgoas (1967) et *Les Enfants de la télé*: mettre des comédiens et humoristes, drôles en principe, et les faire délirer devant une table basse *(Les Grands Enfants),* autour d'une table *(Les Enfants de la télé).* Arthur a ainsi succédé à Jean Poiret. Mais les Jean Yanne, Maurice Biraud, Roger Pierre et Jean-Marc Thibault, Francis Blanche, Jacqueline Maillan et Sophie Desmarets ont-ils des successeurs ? Avant, c'était mieux.

13) La Chasse aux trésors du regretté Philippe de Dieuleveult a changé de chaîne (d'Antenne 2 à France 3), de coiffure – dense et drue chez Philippe, rare et maigre chez Sylvain (Augier), moins chez Marc (Bessou) – et de titre, c'est *La Carte aux trésors.* Mais personne n'est dupe.

Certains lecteurs ou parents et grands-parents de lecteurs, bien antépathiques au demeurant, déploreront l'absence d'*Au théâtre ce soir*, émission cultissime de Pierre Sabbagh, avec des décors de Roger Hart et des costumes de Donald Caldwell. 416 pièces présentées de 1966 à 1984. Certes, Arte retransmet des opéras ou des spectacles de danse, certes, France 2 et 3 rediffusent des pièces avec Jacques François, Michel Roux ou Jacques Balutin... mais l'esprit n'est plus là.

SEREZ-VOUS PLUS BRILLANTS AVEC LE JEU DES ANIMATEURS? LA RÉPONSE ÉTAIT:

Af, Bg, Ca, De, Ec, Fi, Gl, Hm, Ij, Jk, Kn, Md, Nd

Vous allez dire ça ne tombe pas juste… il n'y a pas de réponse pour Jean Nohain, animateur chauve et bienveillant. Oui, parce que personne n'a remplacé Jean Nohain. Quels que soient les mérites des Foucault (trop de cheveux), Nagui ou Lagaf. Le seul chauve très bienveillant de la télévision française demeure Pierre Tchernia, lui aussi incomparable, inégalable et indispensable. Chacun pourra disputer à l'envi pour savoir si avec Guy Carlier ou Jean-Pierre Pernaut la succession de Pierre Desproges ou d'Yves Mourousi est équitablement assurée. Ne nous trompons pas de débat. Les courriers des téléspectateurs de vos magazines sont là pour ça. Par ailleurs, rassurons les admirateurs des frères Bogdanov, leur absence ne signifie ni opprobre ni défiance.

13. La glorieuse certitude du sport

> *Beau comme avant*
> (Une de *L'Équipe* le 28 juin 2006 après
> la victoire de la France contre l'Espagne,
> au Mondial 2006)
>
> *Comme au bon vieux temps*
> (Une du même journal le 29 juin 2006)
>
> *Regrets éternels*[1]
> (Une du 10 juillet 2006)
>
> *Allez les vieux ! Allez les vieux ! Allez les vieux ! Allez les vieux ! Allez les vieux ! Allez les vieux ! Allez les vieux ! Allez les vieux ! Allez les vieux ! Allez les vieux !*
> (Publicité pour Évian parue dans *Le Monde* daté du 11 juillet 2006)

Tout cela se passe de commentaires. De l'antépathie absolue. Mais le sport, comme la guerre des Gaules, ne peut pas se passer de commentaires. En voici un, au hasard, d'une soirée multiplex sur France Inter, RMC Info, RTL, Europe1, Canal+, M6,

1. « Pour l'éternité », c'était en juillet 1998 la une de *L'Équipe*, après la finale France-Brésil.

TF1, France 3, Eurosport, Sport Plus, Sud Radio… où l'on vérifie l'adage de Blondin selon lequel entre deux mots, le journaliste sportif ne préfère jamais le moindre.

– Le gardien qui se troue… Le poteau! Le poteau! Le poteau qui sauve les Marseillais. Je vous l'avais dit, celui-là, il faut le surveiller comme le lait sur le feu. Au départ un caviar de Kaspia, le petit Mozart, après le une-deux avec Kaka, un petit pont qui enrhume la charnière olympienne, un double appel de balle, une aile de pigeon et pour finir une roue de bicyclette.
– Heureusement que le poteau du Parc était rond.
– Ah! Thierry, les poteaux carrés appartiennent à la grande histoire du football. Eh oui. S'il y avait eu des poteaux ronds, les Verts de l'Ange vert n'auraient pas été battus par le Bayern du Kaiser le 12 mai 76 à Glasgow.
– Attention à ce corner parisien, tiré à la rémoise, une occasion de saluer les anciens du grand stade de Reims, qui ont écrit les plus belles pages du football français. Attention au contre, avec un centre marseillais… non, le petit filet! Oh! la la la la! Encore vendangé. Ah, là, les Marseillais pouvaient tuer le match…
– Ah, Thierry, c'est une balle que Cris Waddle aurait adorée!
– Waddle, l'homme qui n'avait qu'un seul pied, mais quel pied!
– Je dirais même qu'il avait une main à la place du pied… Encore eût-il fallu que se trouvasse à la réception un Josip Skoblar ou un Jean-Pierre Papin.

– Jean-Pierre, qui n'avait pas les pieds carrés, notre dernier ballon d'or français. Oh! la la! Un tacle assassin. Koulibiac, coupé en deux par un crampon parisien... Oui, Grouchy n'a pas fait le voyage pour rien.
– Non, c'était pas Grouchy, c'était Blucher. L'arbitre M. Derrien a mis la main à la poche. Ça va être du jaune!
– En première mi-temps ça sentait le pâté, maintenant ça sent le boudin.
– Pour Koulibiac, c'est juste une béquille. Le coup franc est juniniesque.
– Je dirais plutôt platinien, Jean-Michel, car en effet il se situe exactement à l'endroit précis où Michel Platini, par une belle soirée du 24 juin 1984, avait trompé le malheureux gardien espagnol Arconada, Platini qui est candidat à la présidence de la FIFA, le vote a lieu à Berlin, le mur n'est pas à 9 mètres, il y a quelques maîtres tireurs... Alors, Jean-Michel, une feuille morte dans la lucarne?
– Toujours 1 à 0 pour les Marseillais pour ce cinquante-quatrième PSG-OM de l'histoire. Les Phocéens auraient signé des deux mains. Le 4-4-2 parisien ne parvient pas à faire sauter le verrou marseillais.
– Ce n'est pas une équipe de coiffeurs... les Marseillais.
– J'ai l'impression que les Parisiens jouent avec le frein à main.
– Attention. Et but! GÔÔÔÔÔÔÔL! Le but parisien, la délivrance, enfin, depuis le temps qu'ils poussaient, ça ne venait pas, ils ont serré les dents et ils ont trouvé l'ouverture, enfin, après un siège des

buts olympiens. Un but au forceps... je ne vois pas qui a marqué. C'est Zakouski, le goléador dalmate...

– Il est énorme, Zakouski! Le coup du sombrero, non, oui, reprise de la tête, en deux temps. On voit sur le ralenti même si les images sont quasiment inaudibles que l'avant-centre parisien a mis la main. Ce n'était pas la main de Dieu, de Maradona. Ni la mimine de Vata, le Portugais qui avait marqué contre Marseille.

– Oh! la la! Il va y avoir du rouge incessamment sous peu. C'est pour le stoppeur olympien, qui a explosé. Ventoline, le poumon de cette équipe...

– Cette main, c'est la goutte d'eau qui a mis le feu aux poudres.

– Les mouches ont changé d'âne...

Le foot à la télé, c'est comme Mallarmé, intraduisible même en français.

La tragédie du sport a longtemps été la mort prématurée du champion. Ce drame qui coûta la vie à tant de grands, relégués dans l'arrière-boutique du café où leur renommée périmée n'attirait plus personne, sinon quelques lecteurs nostalgiques de *L'Équipe,* quand ce journal paraissait en jaune tous les lundis, est à présent évité grâce à une adroite manipulation de la société antépathe.

Le champion est recyclé: 1) en «consultant» – le vocabulaire médical n'est pas innocent; 2) en éternel présent grâce à l'image qui, elle, ne vieillit pas. Ce n'est pas par hasard si la chaîne ESPN Classic, plus performante que L'Équipe TV, Canal sport ou Eurosport diffuse en boucle des matchs ou des compétitions d'il y a vingt ans; 3) en statue de commandeur, dont les formes les plus abouties sont Noah, Platini ou Beckenbauer; 4) en mémorial: chaque virage de l'Alpe-d'Huez porte le nom d'un de ses illustres vainqueurs, Hinault, LeMond, Herrera, Kuiper, Zoetelmek, Van Impe, Pollentier, Pantani. Comment s'étonner alors que chaque journaliste du Tour se prenne, au moins une fois dans sa carrière, pour Blondin et rêve que le sagace Antoine vienne lui infuser un supplément d'âme et lui glisser tout simplement ce conseil donné par le cardinal de Bérulle au jeune Louis XIII: «oublier les choses basses et vous porter aux grandes, dignes de votre origine»?

Voici la grande légende du sport, ses dieux vivants et ses combats du siècle. Homère n'est pas loin... Une occasion de saluer l'odyssée de nos grands navigateurs disparus. Alain (Colas), (Arnaud) de Rosnay et bien sûr notre Éric (Tabarly). Ô combien de marins, combien de capitaines qui sont partis joyeux, comme chante Alain Chamfort dans *Manureva*. Mais, le voici, notre Homère, échappé solitaire. Je le distingue mal. Non, ce n'est pas Homère, c'est un homme seul qui se présente et cet homme... c'est Gérard Holz. Une ressemblance avec Homère? Les lunettes noires, peut-être. Holz, petit prince et renard du désert, sorti des sables du Dakar. Du haut des kops[1] dressés comme des pyramides, contemplons

---

1. Un kop n'est pas un flic mais une tribune, souvent derrière les buts, où se massent les supporters fanatiques.

nos sportifs et leurs dix plaies si l'on est lucide (ou leurs dix commandements, si l'on est indulgent).

Autant le dire : ils incarnent les tendances lourdes de l'antépathie.

Comme tout antépathe, le sportif pratique :

1) Le retour à la nature. Les vrais sportifs savent qu'en dehors du canapé et des comptoirs de bière une grande partie des activités sportives se passe à la campagne, sur l'herbe ou sur terre, sur l'eau ou dans l'eau, sur la neige ou sur la glace. Au contact des éléments naturels. Ah, ce geste auguste du buteur au rugby, qui avant de botter sa pénalité essuie lentement le ballon sur son ventre[1], comme une mère son enfant, pour l'assécher de la rosée du pré, puis l'ayant posé sur la pointe comme un œuf de Colomb champêtre se penche pour arracher aux entrailles de la terre une touffe verte de gazon qu'il livre au verdict d'Éole afin de mieux deviner quel vent contraire pourrait se lever à l'instant et détourner l'ogive de sa trajectoire vers les perches plantées en lisière d'en-but ennemi.

2) Les retrouvailles de l'homme avec son corps. Sauter, courir, lancer, gestes primitifs. Élan des corps dénudés comme au jardin d'Éden ! Éternel retour de ces athlètes aux torses et cuisses affolément moulés dans des bodies galbant leur praxitélienne musculature ! Et ces tendres enlacements des joueurs après le but. Ces corps frottés luttant dans les mêlées, ces maisons du ballon. Ces embrassades fraternelles de

---

1. Le ballon à l'origine était une vessie de porc.

sueurs conjuguées des relayeurs. Ah! gymnasium. On se calme.

3) Le culte de l'Histoire. Le goût français du roman national se délecte de réminiscences, souvent les plus amères. L'armée française commémore les défaites : la Légion étrangère fête Camerone, l'héroïsme inutile du 30 avril 1863, l'infanterie de marine, le désastre de Bazeilles le 1er septembre 1870 et le supporteur sportif, Séville avec la défaite contre l'Allemagne en juillet 1982. Un but est une « libération », une défense acharnée « fait de la résistance » et la surface de réparation, cette zone devant les buts, où les équipes s'affrontent pied à pied devient « Verdun ».

4) La commémoration. C'est ce que le sportif sait faire le mieux. Le 20 mai 2004, la FIFA célébrait son centenaire avec un France-Brésil au Stade de France. Pour l'occasion les joueurs avaient été contraints de revêtir les tenues de leurs glorieux aînés d'il y a cent ans, shorts aux genoux, manches longues. Ce soir-là, le ridicule ne tua pas, ce fut une chaleur de fournaise. Alors, si les plus hautes autorités du sport s'y mettent, comment s'étonner du fétichisme dévot du supporteur de base, collectionnant comme des ex-voto des coupures de presse, des maillots sales et déchirés, ou des bidons abandonnés par les coureurs du Tour ? Les trophées, du saladier d'argent (la coupe Davis) au bouclier de Brennus[1], gravent dans le

---

1. L'ambiguïté est volontaire : le bouclier conquis chaque année par l'équipe vainqueur de la finale du championnat de France de rugby rappelle le nom de Charles Brennus, qui grava l'objet en 1892 à partir d'un dessin de Pierre de Coubertin. Et pas celui du chef gaulois Brennus qui attaqua Rome en 390 avant J.-C.

marbre de l'éternité un palmarès. Et le Tour de France écrit chaque été un nouveau chapitre de la légende des cycles. Excusez du pneu.

5) Le respect des vieillards. « Nous ferons de vilains vieux », disait un lointain capitaine courageux du XV de France Michel Crauste. Vilains peut-être mais toujours tant aimés. Au tennis, les tournois de vétérans attirent les foules : Chris Evert, Mac Enroe, Borg, Noah, Sampras, Navratilova, aujourd'hui Agassi (André dans la légende) sont plus populaires que Federer, Nadal, Grosjean et Hénin. Les *has been* n'existent plus, ils deviennent des sages. Aimé Jacquet, Guy Roux, Pierre Albaladejo, Raymond Poulidor sont les phares dont la France contemporaine, déboussolée, a tant besoin. Puisque nous sommes dans les phares et balises, salut à l'amiral Kersauzon qui tient bon la rampe.

6) La recherche de l'ordre (juste ?). Face à la mondialisation sauvage, le sport incarne la loi et l'ordre, la règle et son respect. Comme à l'école. Un arbitre démiurge dit le Bien et le Mal. Le sifflet, trompette du jugement dernier, annonce les élus et les relégués. Le sportif, comme l'antépathe, hait le désordre et la chienlit.

7) La régression infantile. Le sport, c'est la grande récré. Que font ces grands garçons encore en culotte courte courant dans l'herbe ? Pourquoi des gens sérieux : politiciens (Cohn-Bendit, de Villiers, Julien Dray, Philippe Séguin, Bayrou), intellectuels (Boniface (Pascal), l'ex-juge Halphen), artistes (Bruel, Huster, Lalanne – *pas Denis, hélas, mais Francis*), bref des grandes personnes en principe raisonnables se collent-elles sur les épaules un maillot bleu Zidane et se parent-elles des peintures bleu-blanc-rouge de guerriers Sioux sur les joues ? Pourquoi ces hordes de supporters déguisés, agitant des drapeaux et hurlant des slogans de potaches à l'heure de la récré ? *Qui ne saute pas, n'est pas lyonnais... qui ne saute pas n'est pas lyonnais. Ce soir on vous met le feu. Aux chiottes l'arbitre. Paris est magique, Marseille est tragique (et réciproquement*[1]*). Mais ils sont où les Bordelais...*

8) Le lien intergénérationnel. J'allais au Parc [2] avec mon père, j'y vais avec mon fils qui ira avec le sien. Ce lien charnel entre le passé et le présent s'incarne dans le maillot vert de Saint-Étienne, la tribune du Stade vélodrome, le virage de l'Alpe-d'Huez, le central de Roland-Garros ou son nom de Zidane dans La Castellane déserte. D'ailleurs, la chanson des Bleus au mondial 2006 était *Douce France* de Charles Trenet, créée en 1943.

9) Le lieu commun inaltérable. Le discours sportif est figé dans une langue éternelle et rassurante inaugurée par le classique et inusable « je suis content d'avoir gagné et j'espère faire mieux la prochaine fois ». Mais il y en a quelques autres hyper-résistants : *Les grandes équipes ne meurent jamais. À ce niveau de la compétition, il n'y a pas de petites équipes. Toutes les erreurs se paient cash. Il faut prendre les matchs comme ils viennent, les uns après les autres.*

---

1. Au Stade vélodrome avec les supporters de MTP (Marseille Trop Puissant).
2. Le parc des Princes, un grand stade parisien, est aussi un parc à jouer.

Plus dure sera la chute. Je ne mets pas la pression. On a pris du plaisir. Je n'ai pas l'habitude de commenter les décisions de l'arbitre mais là… Un match n'est jamais fini avant le coup de sifflet final. Ces mots-là ressassés, réentendus saison après saison sont la douce berceuse intemporelle des après-matchs toujours recommencés.

10) Les retrouvailles avec le temps. Et là, le sport fait fort. Au-delà de la mythologie et de l'hagiographie qui restitue la chanson de gestes et l'épopée sportive, la société antépathe, chronolâtre, a découvert grâce au sport deux façons de happer le temps.

La première s'appelle *le temps additionnel*, qui permet aux minutes réglementaires de durer un peu plus longtemps. Nous sommes des enfants mélancoliques qui tendent le doigt vers le manège et qui disent encore un tour, s'il vous plaît encore un petit tour, même si nous savons que le manège va fermer. Et ce tour, un arbitre en noir, brandissant un panneau lumineux, nous l'offre, avec un supplément d'âme de quelques minutes de souffrance ou d'espoir.

La seconde invention s'appelle le *ralenti,* la machine à remonter le temps, à l'arrêter, à redécomposer ce qui a été, qu'on passe et repasse, en espérant secrètement que l'arbitre après le vingt-cinquième visionnage changera sa décision… Est-ce un hasard si l'émission culte des amateurs de foot sur RTL s'appelle : *« On refait le match »* ?

Voilà, ce chapitre est fini. Il n'y aura pas une ligne d'écriture additionnelle. Point.

14. Le sexe :
demain j'enlève l'ébat

Qui perd son slip accuse l'élastique
(Henri Cueco)

Quelle est la position de la société antépathe sur le sexe ? Nous éviterons les plaisanteries de garçons de bain (turc éventuellement, si l'on aime Ingres, l'apôtre généreux des chairs opulentes et des voluptés lascives). Sexe et antépathie ont des relations difficiles. L'antépathie nous inflige trois formes de sexualités régressives où le passage à l'acte est de moins en moins évident.

Le sexe infantile

Si vous êtes antépathe tendance *Choristes,* c'est le retour à cette préadolescence boutonneuse, vous en fûtes, à la quéquette du bonheur. La vie ne serait-elle, comme le croit Alain Souchon qu'« un jeu de dupes, voir sous les jupes des filles » ? Il a dit « voir » et c'est tout. Pas bien exaltant.

Si vous êtes antépathe tendance *lingette,* vous aspirez à ce retour à la petite enfance où les petites fesses roses découvrent la douceur des câlins, des bisous et le plaisir de la succion. Mais, attention, la suite s'annonce moins gaillarde. La vie ne serait-elle comme le pense Robbe-Grillet qu'«un glissement progressif du plaisir» mais toujours en montant? Le bébé commence par prendre son pied en suçotant ses orteils. Puis l'enfant découvre que le plaisir peut nicher un peu plus haut. Quand il grandit, il persévère en ces lieux tant qu'il en peut jouer. L'âge venant des fiascos stendhaliens et de la chair, un peu triste hélas, il faut solliciter au-dessus de l'entrecuisse l'érogène estomac, capable *lui* encore de jouissance. Mais quand à son tour le ventre tombe en panne, la remontée se poursuit, le cœur ne bat plus aussi fort pour s'émouvoir, la bouche asséchée ne sait plus le goût des baisers, il ne reste alors que le plaisir des yeux. Et enfin, tout à la fin, quand la cataracte frappe, ni orteil à saisir, ni sexe à raidir, ni panse à emplir, ni regard à réjouir, ne demeure sous la tête là où tout commença sous la fontanelle que le souvenir.

À la recherche du sexe perdu

Les rapports sexuels, dit le docteur Sylvain Mimoune, sont toujours des rapports avec le temps. Il faut laisser du temps au temps. Mais voilà: ou c'est trop tôt ou c'est trop tard. Ou c'est trop vite ou c'est trop lent... Ou c'est fini depuis longtemps. Les antépathes syndrome *Calment* qui nous lisent le savent bien.

I`crease Your S"exual Desire and S"perm
volume by 500 %
L'onger o'"rgasms –
The longest most intense o"rgasms of your life

Combien en recevez-vous par jour de ces messages secrets qui prétendent vous aider à surmonter des ans l'irréparable outrage ? La réglementation en vigueur ne nous autorise pas ici à donner la liste complète des pharmacopées destinées à convaincre les plus lassés de continuer une efficace sexualité. Pas plus qu'elle ne nous permet de présenter les 456 articles parus depuis cinq ans dans la presse française destinés à convaincre les plus vieux de devoir continuer une effective sexualité.

Que faire ? Les amateurs d'Histoire l'ont compris. Le sexe n'est plus d'aujourd'hui. Avant, c'était mieux, comme au temps de Dumas. Il y avait des maisons closes (on veut les rouvrir), des femmes sulfureuses (Lady Chatterley est de retour), des dessous coquins (la promesse de l'Aubade les ressuscite), des adultères (Aldo Naouri vient d'y consacrer un dernier outrage, pardon ouvrage) et les icônes érotiques (les revoici, mais au musée : *L'Origine du monde*, l'*Olympia*, *Le Bain turc*, les autres peuvent aller se rhabiller).

No sex today

Le problème reste que la dialectique sexuelle et la pratique, au XXIe siècle, sont toujours éternellement les mêmes, depuis la nuit des temps.

On a tout essayé : de trouver le point G, de faire attendre le plaisir, d'accroître le désir, de pratiquer le sexe pluriel, la liberté sexuelle, de multiplier les rapports Hite, Simon, d'adopter toutes les positions et les comportements décrits depuis trente ans dans les articles des magazines[1]. Et puis voilà.

Alors la France antépathe a décidé de ne plus essayer du tout.

J'exagère ?

* le harder Rocco Siffredi se lance dans le cinéma intello ;

* le taux de virginité le jour du mariage a triplé depuis cinq ans, en France ;

* Brigitte Lahaie, la star du porno, s'est reconvertie en dame patronnesse façon Ménie Grégoire tous les après-midi sur RMC ;

* la mode est au tantrisme, ce rituel spirituel où les corps ne doivent surtout pas se toucher ;

* l'industrie du lit jumeau ne s'est jamais aussi bien portée, celle de la couette explose. À l'inverse, le lit matrimonial est en chute libre (−37 % depuis l'an 2000) et les draps de soie voluptueux disparaissent peu à peu ;

---

1. On pourra réviser en lisant l'édifiante fresque dressée par une ex-madame Q des magazines, Anne Steiger, *La Vie sexuelle des magazines,* Michalon, juin 2006.

* un must *post human* venu d'Amérique a saisi une partie des jeunes Françaises, le *no in, no out*. Le corps ne doit rien absorber et ne s'introduire nulle part. Voilà qui limite les débordements ;

* la performance sexuelle était épuisante et, dans le fond, inutile ; elle est aujourd'hui suspecte. On sait combien la société antépathe répugne à la compétition ;

* l'abstinence reste un contraceptif fiable à 100 %, un vaccin souverain contre la syphilis qui emporta tant de nos ancêtres jusqu'à Lamalou[1] (34 240) et contre toutes les maladies d'amour, une ascèse ouvrant des indulgences pour aller au paradis.

L'Église catholique nous a longtemps appris à faire taire le vacarme des sens. Elle a bien fait. En suivant à la lettre et au lit les prescriptions de l'Église, les Français, dans ce XXIe siècle religieux et nous y sommes, merci Malraux, prouvent qu'ils sont devenus des hommes de peu de fois.

Finalement, à force de se concentrer sur les racines, les ancêtres, l'enfance, bref de ne s'intéresser qu'aux préliminaires et aux commencements, on est vraiment très faibles pour les conclusions...

Moi-même, j'arrivais à conclure... beaucoup mieux avant.

---

1. À lire, le terrible *La Doulou* d'Alphonse Daudet, le journal de bord de son traitement anti-syphilitique à Lamalou dans les années 80 (mille huit cent).

V
Conseils thérapeutiques

Il n'existe à ce jour aucun traitement probant de l'antépathie. Nous avons mis au point pour vous un protocole compassionnel qui vous aidera à mieux vivre le présent, tout simplement. Voici quelques fiches techniques pour vous aider. Attention, la posologie et l'association des différents types de traitement doivent être personnalisées selon le vécu personnel du patient. Cependant, la dernière méthode préconisée est de loin la plus efficace.

Fiche n° 1
Je préfère ne pas me souvenir

Traitement de base. Jouer à la manière de *Je me souviens*[1] de Georges Perec à « Je préfère ne pas me souvenir de ce qui n'était pas si bien que ça avant ».

— *Je préfère ne pas me souvenir* de la tête des troufions qui partaient faire leur service militaire en Allemagne.
— *Je préfère ne pas me souvenir* de certains grands ministres de la Ve République : Raymond Marcellin (Intérieur 1968-1974), Maurice Druon (Culture 1973-1974), Maurice Papon (préfet de police 1958-1966, de Paris et Budget 1978-1981), Édith Cresson (Matignon 1991-1992).
— *Je préfère ne pas me souvenir* des routes nationales à trois voies quand papa à 160 à l'heure doublait sur la file du milieu tandis que nous chantions, avec mes sœurs et frères angoissés, *Plus près de toi, mon Dieu*.
— *Je préfère ne pas me souvenir* de l'époque sans téléphone portable quand il y avait, selon Fernand

---

1. S'inspirant de l'écrivain américain Joe Brainan qui égrenait ses souvenirs d'enfance sous le titre *I remember,* Georges Perec publia en 1964 *Je me souviens.* Plus récemment, l'écrivain Jacques Bens a écrit un *J'ai oublié* (La Bibliothèque oulipienne, n° 88, 1997).

Raynaud, deux catégories de Français, ceux qui attendaient d'avoir le téléphone et les autres, qui attendaient la tonalité.

– *Je préfère ne pas me souvenir* de la chanson culte de Peter et Sloane : *Mais qu'est-ce que tu fais pour les vacances ?*

– *Je préfère ne pas me souvenir* du bouchon de Saint-André-de-Cubzac (du tunnel de Fourvière, du pont de l'île de Ré, de Millau), au mois d'août, en pleine cagna, quand la clim n'existait alors qu'en option sur les R5.

– *Je préfère ne pas me souvenir* de mes factures (astronomiques) de Minitel avant l'invention d'Internet.

– *Je préfère ne pas me souvenir* des trois francs : le nouveau franc, l'ancien franc et le franc belge.

– *Je préfère ne pas me souvenir* des vélos d'avant les VTT, avec une seule vitesse.

– *Je préfère ne pas me souvenir* du temps où avant Google il fallait chercher dans un vieux dictionnaire ou un vieil annuaire des références introuvables.

– *Je préfère ne pas me souvenir* qu'en 1990 l'équipe de France de foot avait manqué la qualification pour la Coupe du monde à cause d'un match nul piteux à Chypre et qu'en 1994 elle a récidivé, au parc des Princes, battue, à l'ultime seconde, par un but du Bulgare Kostadinov.

– *Je préfère ne pas me souvenir* des avions fumeurs d'Air Inter, le stress du décollage dans la fumée des Gauloises. Beurk !

– *Je préfère ne pas me souvenir* du lait du petit déjeuner avant l'UHT qu'il fallait faire bouillir et qui, une fois sur deux, tournait et débordait, l'autre fois.

– *Je préfère ne pas me souvenir* des stations-service où il fallait attendre que le pompiste vienne nous servir et puis tendait la main en réclamant un pourboire.

– *Je préfère ne pas me souvenir* des matchs à la télé en noir et blanc quand les bleus (en gris sur l'écran) jouaient contre les rouges (en gris aussi).

– *Je préfère ne pas me souvenir* de l'enfer affectif qu'ont vécu les cœurs solitaires à l'époque où Meetic n'existait pas.

– *Je préfère ne pas me souvenir* du temps lointain où certains parents (et encore plus certains grands-parents) obligeaient leurs enfants (ou petits-enfants) à attendre trois heures après les repas, le temps de la digestion, avant de leur permettre de se baigner.

– *Je préfère ne pas me souvenir* des portillons automatiques dans le métro, des télégrammes et de la vignette auto à trouver le 30 novembre à 23 h 59.

– *Je préfère ne pas me souvenir* de la vie sans micro-ondes, sans téléphone portable, sans zapette, sans Abribus, sans cartes bleues, sans boîte mail et sans corcteur d'orthographe.

– *Je préfère ne pas me souvenir* de ce que j'étais il y a vingt ans.

Fiche n° 2
Copains d'avant

Attention, c'est une thérapie de choc. Fouillez dans vos vieux papiers et récupérez une photo de classe, celle de quatrième, par exemple.
Maintenant, regardez-la attentivement.

Est-ce que votre coiffure de l'époque, oui, celle de la photo, c'était vraiment mieux ? Les filles, la frange sur le front, style Mireille Mathieu, et vous, les garçons, les pattes sur les oreilles façon Dave, vous les regrettez ? Et cet appareil dentaire qu'on aperçoit sous votre sourire figé ? Et la tenue, sincèrement, vous en pensez quoi ? Ce pull-over mauve, violet, cardinal, on ne sait pas, Anne Sinclair avait le même, avec cette laine qui boulochait. Et les pantalons remontés jusqu'au nombril, vous trouvez ça joli ? À droite, debout, au deuxième rang, celui qui porte une veste constellée de pin's, vous le reconnaissez ? Jean-François Herbulot qui vous piquait toujours vos affaires et, à côté de lui, Dominique cette peste qui soi-disant couchait avec tout le monde.
Le cri acide de la craie crissant contre le tableau noir vous crispait-il ? Saviez-vous monter à la corde lisse sans les jambes ? Quel était le crétin qui laissait toujours des vieux chewing-gums collés sous les tables ? Vous aimiez les betteraves qu'on vous ser-

vait à la cantine ? Quel était l'accusatif pluriel de *dominus* ? Qui a lancé une boule puante ? Vous vous rappelez les cours de physique et la classification de Mendeleïev ? Vous recommenceriez à sauter en ciseau au-dessus d'un fil élastique ? Vous voudriez vraiment vous replonger dans une piscine total chlore un vendredi de novembre à 8 heures du mat avec un maillot de bain immonde ? Vous avez encore envie de calculer sinus 2PI/3 ? Ou de remplir la carte muette des ressources minérales de la Russie ? Vous avez pris vos baskets ? y a gym aujourd'hui. Quand est mort Charles VII ? Vous avez quatre heures pour vous demander ce qu'a voulu dire Schopenhauer, dans *Le Monde comme volonté et comme représentation,* en affirmant : « Excepté l'homme aucun être ne s'étonne de sa propre existence. » On est dimanche soir, vous avez fini votre fiche de lecture sur *La Rabouilleuse* (384 pages) pour demain ? Vous savez combien pèse votre cartable ? Vous savez qu'on ne doit pas courir dans les escaliers ? Pourquoi Véronique Cazalbou ne vous a-t-elle pas invité à sa soirée ? Qui vous a permis de sortir ? Vous avez un mot de vos parents ? Avez-vous pris vos tables de trigonométrie ? Vous avez votre carte de cantine ? Qui est volontaire pour faire l'exposé ? Alors qui vais-je bien pouvoir interroger aujourd'hui, voyons, voyons ? Vous me prenez pour un con ou pour un imbécile ? Et vous trouvez ça drôle ?

Bon, très bien, je vous mets trois heures de colle samedi après-midi.

Fiche n° 3
Test comparatif

Un test simple pour comparer avant et aujourd'hui…
que préférez-vous ?

JOE DASSIN OU BÉNABAR ?
ŒUFS OU PIZZA ?

C'était le temps, le temps des œufs au plat,
C'était le temps des chambres sous les toits,
Quand on dormait en grelottant dans nos manteaux
Sauf quand une fille nous tenait chaud,
C'était le bon vieux temps

(Joe Dassin, *Le Temps des œufs au plat*)

On s'en fout, on n'y va pas, on n'a qu'à se cacher sous les draps, on commandera des pizzas, toi la télé et moi, on appelle, on s'excuse, on improvise, on trouve quelque chose, on n'a qu'à dire à tes amis qu'on les aime pas et puis tant pis.

(Bénabar, *Le Dîner*, 2005)

DE GAULLE OU DE VILLEPIN ?

Notre pays de ciel nuancé, de relief varié, de sols fertiles, nos campagnes de beau blé, de bon vin, de la viande de choix, notre industrie des objets fins…,

(Charles de Gaulle, *Le Fil de l'épée*)

Vieille terre rongée par les âges, accablée d'histoire meurtrière de guerres et de révolutions.

(Charles de Gaulle, *Mémoires de guerre*)

Désormais quitte à de longs détours, chacune de ces traces, chacun de ces chemins nous ramène à nous-mêmes, plongés dans ce monde, convaincus que par la connaissance du grand herbier et de l'immense livre, on peut en percer le mystère.

(Dominique de Villepin, *Éloge des voleurs de feu*, Gallimard, 2003)

ET LA TÉLÉVISION, ÉTAIT-CE VRAIMENT MIEUX AVANT ?

Voici un bon moyen de le savoir, observons les résultats des 7 d'or :

Meilleure comédienne
    Corinne Touzet (TF1)
Meilleur comédien
    Roger Hanin (TF1)
Meilleur jeu
    Questions pour un champion (FR3)
Meilleur divertissement
    Les Enfants de la télé (TF1)
Meilleur programme sportif
    Le Tour de France (France 2)
Meilleur magazine
    Combien ça coûte ? (TF1)
Meilleur magazine d'aventure
    Thalassa (FR3)

Meilleur montage
> *Les Guignols* (Canal+)

Meilleur réalisateur
> Jérôme Revon (*Capital* sur M6)

Au fait, c'était en quelle année ? Il y a un an ? Deux ans ? Cinq ans ? C'était si différent d'avant[1] ?

QUELLE ÉTAIT LA MEILLEURE : LA TÉLÉ D'AVANT OU LA TÉLÉ D'AUJOURD'HUI ?

Antenne 2 *Avant (juin 1987)*	France 2 Aujourd'hui
	5h55 : *Les Z'amours* (jeu)
6h45 : *Télématin*	6h30 : *Télématin*
8h30 : *Jeunes Docteurs* (série australienne)	8h50 : *Des jours et des vies* (feuilleton)
	9h15 : *Amour, Gloire et Beauté* (feuilleton)
9h00 : *Matin Bonheur* (Virginie Crespeau)	9h45 : *C'est au programme* (Sophie Davant)
12h05 : *L'Académie des neuf* (jeu)	12h00 : *Tout le monde veut prendre sa place* (jeu)
13h00 : *Journal*	13h00 : *Journal*
13h45 : *Jennie* (série américaine)	14h55 : *Toute une histoire* (magazine)
14h35 : *Ligne directe* (magazine)	

1. En fait, il s'agissait de l'année 1997.

15h35 : *Rue Carnot* (série française)	15h00 : *Un cas pour deux* (série austro-allemande)
16h05 : *C'est encore mieux l'après-midi* (talk-show)	16h05 : *Rex* (série)
17h30 : *Récré A2* (Dorothée)	17h00 : *La Cible* (jeu)
18h30 : *C'est la vie* (magazine)	17h45 : *Un monde presque parfait* (divertissement)
18h50 : *Des chiffres et des lettres*	18h50 : *On a tout essayé* (Laurent Ruquier)
19h15 : *Actualités régionales*	
19h40 : *Le Petit Théâtre de Bouvard*	19h50 : *Samantha* Oups !
20h00 : *Journal*	20h00 : *Journal*
20h35 : *Deux Flics à Miami* (série policière américaine)	20h50 : *Boulevard du Palais* (série française)
	22h30 : *Central nuit* (série policière française)
21h20 : *Apostrophes* (Bernard Pivot)	23h40 : *Esprits libres* (Guillaume Durand)
22h45 : *Journal*	00h55 : *Journal*
23h00 : *Ciné-club*	
0h15 : *Fin des programmes*	1h25 : *À la Maison-Blanche* (série américaine)

Fiche n° 4
Se désintoxiquer
des anniversaires

En bon antépathe, vous n'allez pas laisser passer un anniversaire. Il y a déjà celui de votre petit(e) ami(e) ou de votre légitime, des parents, copains, collègues... mais il y a aussi tous les autres. Vous êtes prêt bien sûr... Regardez quand même un très modeste résumé de ce que les devoirs de mémoire et de célébrations réunis vont vous infliger en 2010.
La liste peut être complétée par vos soins... Lisez-la lentement. Si vous trouvez que c'est trop long, c'est bon signe. Et si vous laissez tomber avant la fin, vous êtes presque guéri.

Premier semestre 2010
– *1er janvier* : il y a 50 ans, pile, la France passait au nouveau franc, le passage était simple : il suffisait de tout diviser par 100
– *2 janvier* : abandon définitif du grand Fausto Coppi, voilà 50 ans
– *4 janvier* : « Aujourd'hui, Camus est mort » (c'était il y a 50 ans, la Facel Véga de Michel Gallimard entrait dans un arbre)

– *8 janvier* : Elvis Presley aurait eu 75 ans aujourd'hui

– *25 janvier* : Ava Gardner, *the barefoot contessa,* nous quitta voilà 20 ans.

– *28 janvier* : les 100 ans, qui l'eût cru ? de la crue de la Seine

– *11 février* : le SMIG était créé voilà 60 ans

– *13 février* : 100 ans après l'inauguration en grande pompe du Vél'd'Hiv

– *1er mars* : tout premier prélude de Frédéric Chopin voilà deux siècles

– *7 mars* : bon anniversaire à *Télé 7 Jours* (50 ans déjà !)

– *8 mars* : journée de la femme

– *16 mars* : cinquantième anniversaire de la sortie d'*À bout de souffle*

– *26 mars* : dixième anniversaire de l'élection de Vladimir Poutine

– *30 mars* : soixantième anniversaire de la mort de Léon Blum

– *2 avril* : deux centième anniversaire du mariage de Bonaparte et Marie-Louise

– *5 avril* : la retraite à 65 ans a 100 ans

– *6 avril* : il y a 100 ans, Jules Renard écrivait les derniers mots de son journal «... comme quand j'étais Poil de Carotte »

– *15 avril* : 20 ans déjà que la divine Greta nous abandonnait…

– *23 avril* : … une semaine avant Paulette Godard

– *27 avril* : bon anniversaire au Club Med (60 piges)
– *29 avril* : André Agassi a 40 ans
– *1er mai* : François Mauriac n'était pas immortel, il l'a prouvé il y a 60 ans
– *7 mai* : il y a 15 ans déjà, Chirac était élu à l'Élysée
– *8 mai* : l'armistice de 1945 célèbre ses 65 ans avec un jour férié
– *9 mai* : fête de l'Europe et 64e anniversaire de la déclaration Schuman
– *10 mai* : célébration nationale de la lutte contre l'esclavage
– *11 mai* : « Ne l'appelez plus jamais *France* », le paquebot aurait aujourd'hui l'âge de Noah
– *14 mai* : il y a 400 ans, Ravaillac se mettait en 4 pour tuer Henri IV
– *17 mai* : le prix Nobel de la paix 90 a 20 ans (c'était Gorbatchev !) et il y a 500 ans mourait l'auteur de *La Naissance de Vénus* (Botticelli)
– *18 mai* : Noah a 50 ans, balles neuves ?
– *29 mai* : il y a 25 ans, le stade Roi-Baudoin s'appelait encore Heysel : 39 morts et un but de Platini, et il y a 5 ans la France disait non à l'Europe
– *12 juin* : le commandant Cousteau aurait soufflé ses 100 bougies
– *21 juin* : il y a 40 ans au stade aztèque de Mexico, triomphe du Brésil de Pelé
– *25 juin !* : *my birthday* et les 100 ans de la création de *L'Oiseau de feu*

Second semestre 2010

– *1ᵉʳ juillet* : voilà 80 ans naissaient les assurances sociales obligatoires

– *2 juillet* : 10 ans déjà : but en or de Trezeguet, la France championne d'Europe

– *3 juillet* : triste septantième anniversaire de Mers el-Kébir

– *7 juillet* : à 17 ans et 7 mois, Boris Becker gagnait son premier Wimbledon et voilà 80 ans, Sherlock Holmes perdait son père (Conan Doyle)

– *10 juillet* : triste septantième anniversaire des pleins pouvoirs donnés à Philippe Pétain

– *14 juillet* : c'est le 14 juillet ! Fêtes et cérémonies et dernier cri de Luis Mariano (il y a 60 ans)

– *18 juillet* : il y a 400 ans disparaissait Caravage, on en a retrouvé deux à Loches

– *19 juillet* : les JO de Moscou, tout le monde a oublié… il y a 30 ans

– *25 juillet* : 10 ans de chute pour le Concorde

– *27 juillet* : voilà 20 ans naissait l'ultime 2CV Citroën, la fin d'une époque

– *4 août* : treizième anniversaire de la mort de Jeanne Calment qui aurait eu, en cette année 2010, 135 ans 5 mois et 14 jours

– *6 août* : il y a 25 ans, la vie de Philippe de Dieuleveult cessait d'être un long fleuve tranquille

– *20 août* : double anniversaire de deuil révolutionnaire : Trotsky et Joe Dassin

– *25 août* : le meilleur des James Bond, Sean Connery a 80 ans

– *20 septembre* : la disparition de Perec (Marie-Jo) aux JO de Sydney en 2000

– *23 septembre* : « Bourvil est mort, il nous fera toujours rire. » (Léon Zitrone au journal télévisé du 23 septembre 70)

– *24 septembre* : il y a tout juste deux quinquennats, les Français votaient oui au quinquennat

– *3 octobre* : triste trentième anniversaire de l'attentat de la rue Copernic

– *12 octobre* : 50e anniversaire du coup de talon de Nikita Khrouchtchev à l'ONU

– *13 octobre* : Alain Prost, champion du monde, il y a 25 ans

– *14 octobre* : il y a 300 ans naissait l'impôt sur le revenu, le « dixième »

– *18 octobre* : aujourd'hui, on fête les Lucas

– *22 octobre* : c'est Manufrance qu'on assassinait il y a 30 ans

– *26 octobre* : Coluche candidat aux présidentielles… déjà 30 ans

– *8 novembre* : bon anniversaire Alain Delon… 75 ans aujourd'hui ! et bon anniversaire à JFK, élu président des États-Unis, voilà 50 ans

– *9 novembre* : la chute du mur, il y a 21 ans à Berlin, et la chute du chêne, il y a 40 ans à Colombey.

– *11 novembre* : 11 novembre

– *20 novembre* : Léon Tolstoï repose en paix depuis tout juste un siècle

– *22 novembre* : il y a 10 ans, Zatopek bouclait son dernier tour de piste

– *1ᵉʳ décembre* : Woody Allen a l'âge d'Alain Delon (75 ans)

– *3 décembre :* bon anniversaire à Jean-Luc Godard (80 ans)

– *9 décembre : Let it be…* John Lennon est mort, il y a 30 ans *yesterday*

– *11 décembre* : bicentenaire de la naissance de Musset

– *19 décembre* : Jean Genet en aurait pris pour 100 ans

– *25 décembre* : c'est Noël

– *31 décembre* : on fête l'année finie 2010

Fiche n° 5
Le modianisme

Que vous soyez nostalgiques, que vous regrettiez avant… d'accord. Mais qu'au moins cela serve à quelque chose. Rentabilisez votre antépathie : écrivez. C'est facile, c'est pas gros et ça peut rapporter plus gros. Cette technique palliative ne permet pas de guérir mais peut être rentable. Son nom : le modianisme.

Exemple : Vous êtes de passage à Paris et vous trouvez que ce n'est plus comme avant… Racontez, écrivez. À la manière de Patrick Modiano. Très peu est largement suffisant (l'à-valoir n'attend pas le nombre des feuillets) et allez voir un éditeur…

C'était un dimanche d'août, dans un quartier perdu. J'étais assis seul à la terrasse du café de l'Avenir. Là j'ai vu passer un fantôme oublié. Un militaire était descendu de l'autobus des boulevards de ceinture, à la station Porte-Dorée. J'ai reconnu l'aspirant Grange, celui que nous appelions le petit Grange. L'écusson qui scintillait au soleil sur sa vareuse me faisait cligner des yeux. Je me suis souvenu d'une photographie que j'avais retrouvée dans le livret de famille de mon père. Elle avait été prise, en noir et blanc, au zoo de Vincennes, près du bassin aux ours blancs, aujourd'hui disparu. Sur le cliché, on voyait une jeune femme, à la beauté heureuse, Raïssa. Elle chantait pour des réclames sur Paris Inter dans l'émission de Jean-Hérold Paqui. Le jeudi, allongé sur la moquette de l'appartement de mon père, je regardais la veilleuse verte de l'appareil de radio et je me laissais bercer par la voix de Raïssa, chaude et grave, qui faisait des vocalises pour le dentifrice Signal. Sur la photo, on distinguait aussi un homme à moustache, le comte Obligado. Il se faisait appeler la Panthère. Il travaillait à la compagnie des taxis et c'est lui, le premier, qui avait interrogé mon père rue Lauriston. Obligado, Raïssa, Grange, je ne sais pas pourquoi ces noms me revenaient à la mémoire, comme une chanson qu'on fredonne incessamment sans parvenir à retrouver tout à fait les paroles.

L'aspirant Grange ne m'avait peut-être pas reconnu. Je l'avais suivi sans m'en rendre compte. Le boulevard était désert, à présent, dans la chaleur de l'après journée. Au coin de la rue du Sahel et du boulevard de ceinture, une fille attendait. Elle portait une queue-de-cheval, comme Raïssa autrefois, et sur son tee-shirt était inscrit le nom « Nouméa ». Le comte Obligado était venu de Djibouti. Il avait alors une affaire d'import-export et vendait des ours blancs et des phoques aux zoos des grandes villes d'Europe. Une voiture de police est passée en direction de la place de l'Étoile, sirène hurlante. Et je me suis rappelé ce soir d'été où nous avions marché avec Raïssa du côté de Vincennes et de ses villas tristes. Il faisait chaud comme ce soir. Les policiers

nous avaient embarqués dans un panier à salade. Raïssa s'appelait Jacqueline Jasson, à l'époque. Nous voulions fuir à Djibouti mais elle disait que partout le comte Obligado finirait par la retrouver. L'aspirant Grange a parlé avec le gardien du zoo, un petit homme accablé de chaleur. L'air tremblait un peu. Et je retrouvais alors ce parcours familier quand je venais le dimanche avec mon père. Grange a allumé une cigarette Lucky Strike. Il marchait lentement vers le grand rocher des singes. Sous la carcasse craquelée du béton apparaissaient les armatures métalliques. Il y a longtemps qu'il n'y a plus de singes sur le rocher de Vincennes.
J'ai repensé à la photographie. Grange y était tête nue, à la main il portait un paquet ficelé qu'il semblait jeter aux ours blancs. Je n'ai jamais su ce qu'il y avait dans le paquet. Je me suis dit qu'aujourd'hui, après si longtemps, je pourrais demander à Grange. Mais à quoi bon vouloir rattraper des souvenirs qui passent comme un bras que l'on frôle.
J'ai repris le métro à la station Porte-Dorée. Il y avait sur le mur une affiche pour le dentifrice Signal à l'hexachlorophène. J'ai pensé à Raïssa et à sa voix à la radio et je me suis dit qu'avec ces souvenirs je pouvais donner vingt feuillets à mon éditeur dont il pourrait faire un livre à succès de plus de cent cinquante pages, avec l'aide de la police (de caractère)... La police, je me souviens de ce fourgon qui m'emportait du plus loin de l'oubli vers les boulevards de ceinture et de cette jeunesse, si loin, comme la lumière éteinte d'une veilleuse que je ne retrouverai jamais peut-être.

Fiche n° 6
La seule méthode infaillible

Ceux qui ont lu ce livre depuis la première page la connaissent déjà.

Tant pis pour les autres, vous qui compulsez cet ouvrage dans une librairie sans penser l'acheter, vous qui êtes allé voir directement dans la table des matières une thérapie sans respecter le principe antépathe : *il faut endurer pour durer,* vous qui avez sauté tout le texte depuis l'avertissement de la première page pour aller trouver la solution finale directement sans passer par la case lecture, alors que c'est le livre, lui-même, qui constitue la thérapie.

Bonne chance et bon courage à ceux qui ont commencé à se guérir, vous, tous les autres lecteurs authentiques de cet ouvrage, des lecteurs à l'ancienne, qui ne jettent pas le pain, finissent leur assiette ou le livre qu'ils ont commencé, comme avant, ces lecteurs-là habités et pour longtemps par la mémoire de la lecture, ces vrais héritiers de Proust et de Larbaud, ces hommes et ces femmes à qui je veux rendre un hommage digne mais intense, ces lecteurs qui ont lutté, accrochés à cette œuvre comme Lorenzaccio à son crime, malgré les récriminations conjugales le soir au lit *(tu ne veux pas éteindre ?),* malgré les compressions ferroviaires, métropolitaines ou autobussiennes où il fallait défendre son espace de lecture, malgré les doigts pleins de chocolat des enfants qui sautaient sur vos genoux à l'heure où vous auriez tant aimé lire peinard un livre rigolo, malgré les sarcasmes de vos amis *(tu lis quoi comme conneries ?)* qui vous conseillaient plutôt le dernier Nothomb ou le nouveau Baricco, malgré le prof risquant à tout moment de vous surprendre et de confisquer cet ouvrage précieux caché sous votre classeur, malgré le ton décidément trop répétitif de l'auteur visiblement à bout de souffle en cette dernière page et, comme vous l'êtes aussi à bout et au bout du bout, allez, je vais vous révéler que le meilleur traitement possible de l'antépathie est dissimulé au bas de la page 62 du présent ouvrage.

Table

Avertissement à lire absolument 13

I. Le résultat des analyses................ 15
   Trois études de cas 20

II. Les racines du mal................... 35
   1. Peurs bleues et idées noires........... 37
   2. Crise, crac, Cac 42
   3. On n'a pas de pétrole mais on n'a pas d'idées 48
   4. Les mystères de la Grande Pyramide ... 59
   Faites-vous dépister : le test 67

III. Les grands syndromes antépathes 75
   5. Le syndrome *Les Choristes*
      ou le retour à la préadolescence 79
   6. Le syndrome *lingette*
      ou le retour au berceau 100
   7. Le syndrome *Jeanne Calment*
      ou le retour aux aïeux 117
   8. Le syndrome *Alexandre Dumas*
      ou le retour aux origines de notre Histoire . 144
   Les résultats de votre test 169
   9. De quelques modèles pathologiques.... 172
   *L'interprétation tant attendue des résultats
   du test* 183

IV. Les grands foyers d'infection	189
10. Les psys : on a besoin d'heureux pères.	193
11. La politique ou le projet de passé	202
12. Les médias : c'est pas nouveau, ça vient de sortir	227
13. La glorieuse certitude du sport	244
14. Le sexe : demain j'enlève l'ébat......	254
V. Conseils thérapeutiques	259

RÉALISATION : PAO ÉDITIONS DU SEUIL
IMPRESSION : BRODARD ET TAUPIN À LA FLÈCHE
DÉPÔT LÉGAL : AVRIL 2007. N° 90882 (40360)
IMPRIMÉ EN FRANCE